我的
蟻人父親

目次

靈魂的蝴蝶

日本《怪談》中，小泉八雲改寫自〈南柯太守傳〉的作品〈安藝之介的夢〉，主角安藝之介和朋友飲酒談笑，酒後睡意襲來，在杉樹下睡著。睡夢中，安藝之介到了常世國，受到國王青睞。國王賜公主為安藝之介為髮妻，並以萊州島為領地治理。安藝之介任職萊州太守數年間，政通人和，妻子也為他生下五男二女，齊家治國，沒有什麼比這更好的願望了。

但本以為順遂的夢中人生，因為妻子因病驟逝，安藝之介不堪喪妻之悲傷，厭世的念頭湧生。國王見狀，允准他掛冠歸隱，整理心思。安藝之介自萊州島乘船返回常世國，行船途中，本是風光明媚的海洋景色漸漸灰暗，直至全然朦朧，不辨方向，他才從夢境醒來。

小泉八雲的改寫版本主軸和〈南柯太守傳〉近似，也是須臾頃刻間的時光夢完了一生，但〈安藝之介的夢〉有一處和〈南柯太守傳〉不同，令我非常在意——

安藝之介醒來後向朋友訴說夢境，朋友反而告訴他：當他睡著時，有一隻黃色的蝴蝶在他臉上飛舞，並在一旁停了下來，此刻，一隻大螞蟻自蟻穴跑出，將蝴蝶捉回蟻巢。片刻，蝴蝶又從蟻巢飛出，盤旋臉上，接著憑空消失，不知去向；另一位朋友看到的，是蝴蝶似乎飛進了安藝之介的口中，令他甦醒。

蝴蝶是安藝之介的靈魂，螞蟻是常世國公主，指涉顯而易見。蟻與蝶，現實與夢幾經拉扯，至終夢醒，他們果然在蟻穴中發現迷你版的常世國，以及公主的墓與墓碑，底下還有一隻雌蟻的屍體，故事終於此處，沒再說下去。當然，我仍可以將故事和李公佐的〈南柯太守傳〉做「貴極祿位，權傾國都。達人視此，蟻聚何殊」一般，將浮生解為夢境後捨棄故事，寫閱讀心得一般地留下一句寓意。但如此一來，小泉八雲何須加油添醋地改寫？大可以單純仿照原版，以夢中的榮華對比夢外的蟻墟，最後作者再跳進敘事，說明故事的真實性，彷彿標榜改編自真人真事的電影，以假擬真，嘲弄現實。

但小泉八雲像是反其道而行地刻意刪節許多評述，將故事還給故事，最多，夢醒的安藝之介只是認出了蟻墟中的蟻屍的性別為雌蟻，敘述就停在這裡。

那穿梭於蟻巢，返還安藝之介身邊的靈魂的化身，何以是美麗的黃色蝴蝶？小泉八雲又何以要將靈魂具現，讓未睡的友人看見。故事的主體，究竟是走歷夢境與現實間的主人翁；還是夢境外，望著蝴蝶飛舞著，訝於靈魂有形體的看客？或者是置身故事外的小泉八雲，與讀著這則怪談故事的我？

或者，小泉八雲要說的，是這幾個維度的重合？

幾天後，母親和我一起翻著數十年前的舊照片。照片裡的父親和母親正好在男女朋友交往時期，經常四處遊玩。家境小康的父親買了一臺相機，每每出遊，必然會帶去攝影留念。拍照在民國六、七〇年代的當時是多麼了不起的事情，光是擁有一臺相機就十足困難，加之出遊前得去買捲底片，安裝在相機上，出遊後得跑一趟照相館，照相館老闆沖洗照片得等上幾天，拿回底片、相片和相簿，一張一張檢視，並在照片背後寫上攝於何時何地。光圈與對焦，主題與構圖，相機可曾假他人之手留下自己剪影？按下快門瞬間，機器到底有沒有補景留映於底片上？或者攝影者一廂情願的想要記得某些事情，但相機只是一個空眨眼，什麼卻也不曾記得——這些，通常是等到了結果才知道。

我拿到其中一張父親的獨照，是在登山步道間，供人小憩的石桌石凳。石桌上擺著水與食物，桌旁的父親側身坐在石凳上，眼神望向右方，像是不知道在跟誰說話。攝影者取鏡的景框無心卻巧妙，隔著無甚相關的物件，失焦，唯有主角在焦點上，彷彿一群年輕朋友圍坐成圈談笑，而攝影者只是回眸瞥見，眨眼，就那一瞬，無限時空重合在此一點之上。

那是藉由當年的戀人之眼所捕捉的側影，後來，攝影者與影中人結婚，成為了我的母親與父親。

照片外，父親自陽臺收下晾晒好的衣服，摺疊整齊，團抱進房時，無意間闖入了母親與我的翻閱時光，指著那張留著厚劉海，濃眉大眼的年輕時的自己說：緣投鷇？

是呀，非常緣投。以當時的父親的造型來說，就跟今日時下流行的韓系男星無異，別張照片還有父親以空軍外套帥氣披身，或是單穿套頭毛衣，或在海灘邊折起褲管，戴起大墨鏡，一派自然地側身，網美網帥般欲彰卻避地展現百分之八十的自己，剩餘的二十，請畫外人自己走進。若不是照片泛黃，洩漏了時間的祕密，我險險難以辨認照片中是哪一朝的光陰。

時間彷彿轉世投胎而來。

繼續翻閱父母與我幼時的照片，我漸漸辨認出自己從父親處繼承了一部分臉形，而自母親繼承五官。母親與我的合照宛如兩張臉的複製，若我戴上假髮，就是母親的縮小版公仔。許多事物自血與水灌漿般直接遺傳而來，外顯的長相最明顯，那些尚未經歷環境時空等等變因歪曲的我的外貌原形，清清楚楚的，即是他們的拼貼。

但小學畢業至高中時的我，外貌丕變，不只抽高長胖，本該是青春飛揚的少年，臉上卻總掛著淡漠悲苦的表情。看到照片不免要想，總是羨慕著而想要回到學生時代的自己，怎麼那個時期看起來這麼愁苦？那麼我想回去的，到底是誰的青春？

母親拿著我的照片，一張一張說明，這是你國中的畢業照，這是你去搭遊輪時照的，這是你剛上高中時照的。你以前滿好帶的，都靜靜的，乖乖的，但就是不愛講話，生起氣來很恐怖，大考前還對我摔書本爾爾，隱然覺得母親指著別人的照片，卻說著我的故事。

彷彿有一隻蝴蝶在照片上飛舞，搜尋著，但並不闔翅端立於任何一個時空，最後只是飛向我，接著倏地消失無蹤。

或許此刻與母親一起蹲坐在地的我，已是某個時間的轉世投胎。

致無人知曉的青春

這世界上有一種水泡眼金魚，一出生臉頰就腫了兩個囊泡，這種囊泡沒有任何功能，裝滿了水，游動的時候在眼前晃來晃去，十足礙眼但也無法去除。囊泡一旦破掉，水裡的各種細菌和生物就會開始附生並攻擊毫無防護的細胞內裡，不出幾天就死掉。

於是水泡眼金魚一輩子的任務就是小心地活著，吃飯睡覺、前進後退，甚至跟其他金魚相處也要格外小心，它們不像刺蝟擔心會傷害著別人，卻要隨時擔心別人的一舉一動都會要了自己的命。

形成水泡的原因是基因的變異，長久以來，嬌弱的金魚為了適應複雜的水生環境，雜交繁殖了不少變異的品種。有的變異成功了，更能適應綠水或是湍流的環境，有的變異失敗了，變得更脆弱更難生存，水泡眼就是其中一種。本以為這種更難適應環境的品種會被自然淘汰，卻被古老的中國人發現了，保留下來，養在青瓷水盆裡，裝著晒過日光的清水，飾著幾株挑過的水草，只有達官顯貴才能擁有，揮霍著銀兩差人飼養著這種脆弱嬌貴的魚。一方面自豪地跟別人炫耀：我是貴族因此我如此嬌弱。另一方面又不免取笑著這樣的魚：樣子真怪，怪得很可笑又美麗。

有的時候我會想起一個小學同學，印象中他好像叫王聰明，我知道他不可能叫這個名字，但每次想起他的臉就浮現這名字：王聰明，你作業沒交，王聰明，你的五分考卷。王聰明一點都不像哆啦A夢的王聰明那麼聰明，我認識的王聰明迷迷糊糊的，穿著大家都羨慕的日本小學生一般的訂做制服，衣服衣角燙得挺挺的，看起來就高人一等似的（只有看起來）。他會迷濛著厚重眼鏡裡的小眼睛（像大雄拿下眼鏡，眼睛會變成「3_3」的樣子），想躲過收作業同學的逼催，到最後沒辦法，就打開完全沒寫的作業本，像是動物翻過肚腹，把最脆弱的一面袒露給同學任意攻擊。「我就沒寫嘛不然你想拿我怎樣」，王聰明其實沒有講這句話，這句是收作業的同學解讀他的表情的。

同學們覺得他很特別，想學著老師的表情口氣對付他：王聰明，作業又不交，你完蛋了。考五分，到底有沒有念書啊？是啊，很久以前的時候每個老師都對成績好的、好控制的學生笑臉相向，對這種不能適應規矩的學生就冷言冷語。反正老師們也是這樣做的，跟著老師大人的表情語氣總不會錯吧。

孩子的相處，總是因循苟且的吧。

我們總好奇王聰明怎能一次又一次躲過作業和考試的檢查，安然無事地活在這個班上，對一般的小學生來說，考試考爛還稍微情有可原，作業沒交可就是死罪了，不過，那也只是僅限在考了六十分這樣的分數。後來發現每次上課到一半，門外就出現王聰明的媽媽，招招手，老師就到走廊盡頭與媽媽密談。學生們好奇地向外張望，還爬過窗戶看著他們的嘴形想知道說了什麼，只有王聰明一個人定定坐在位置上，偶爾會大吐一口氣，卻又皺著眉頭。

到底是放鬆還是緊張呢？我看不出那個表情，也不敢跟他說話，這個班上跟他說話的真的是少數中的少數，只有換座位後第一次收到他作業的同學，生氣地罵他：你就是每次都不交作業，才會被大家討厭，討厭鬼！王聰明白反駁說：我不是討厭鬼！然後打開空白作業本夾在其他同學的作業上頭。接著就坐在位子上一直哭。

後來我們都不太敢跟他來往了，還常常幫忙他寫作業、做打掃工作，但始終沒有人敢跟他玩，把他供奉著，當成貴族一樣。

我到國中之後才聽到國小同學談起他，說原來每次媽媽來學校都是帶他去看診的，看眼科，他天生視力就不好，但又不到盲的程度，專心坐下來還是可以寫作業寫考卷，但他不想，因為上課總是跟不上同學，索性都放棄了。他很想跟同學玩，卻看不清楚同學的樣子，也跟不上大家的速度，跑步總是會跌倒。偶爾，他也會被帶去諮商，有畫畫的，有聽音樂的，也有單就跟醫生聊天，什麼事情也沒做的。回到班上來跟大家好好相處幾天，幾天後，好像又回到原本的樣子。

我想到他，想到水泡眼金魚，想著這世界上的所有變異下來的個體，都不是心甘情願變成這樣的吧。

現在只要稍具規模的水族店都看得到水泡眼金魚，小心翼翼地活在這好不容易的世界上。牠大概也曾猜想過，不傷害別人的牠，為什麼也得活得這麼小心。老天爺也會有忘記事情的時候吧，忘記這世界也有人不為什麼地就容易揮手離開人世，而活著的水泡眼——靠著別人無心的悲憫活了下來的——卻成了青瓷裡的貴族。

西瓜棋

人們都會用金魚的七秒記憶力自嘲或嘲人，其實人類的瞬間記憶力也只有五秒。

最近整理朋友清單時，想不起來許多人到底是什麼時候加進名單的，下決心刪除的時候我都要祈禱：拜託，最好不只是我忘記你，你也忘記我。彼此相忘，對我來說一向是件好事。

我記得我曾經刪掉同一個人兩次，當我刪掉他幾天後，他就會丟我訊息說：我從ＢＢＳ某個版來的，加個好友吧，加上一個笑臉表情符號。第二次刪他的時候，他又複製貼上般的講了同樣一句話，同樣一個笑臉表情符號。如果有個人總能在失去你的消息時，試圖尋找你，而我還拒他人於門外，是否會太失禮了點？

有一次深夜，我在自家附近的炸雞店點餐，背後有個人點點我的肩膀，問我：你是某某國小的嗎？我也是某某國小的。

我非常驚訝，問他怎麼知道，他說他以前是棋藝社的。「記得嗎？我坐在你的前面，我都會轉過頭來跟你下西瓜棋。」

感到非常不好意思的我完全沒有他的印象了，只好先核對了國小時的各項記憶，包括活動中心什麼時候蓋好的，學校操場今昔異同，說到社團活動的教室總是安靜異常，下棋的孩子沉默寡言，教室外走廊來了一群球類社的孩子邊跑邊運球經過，教室內的學生也頂多是抬頭張望一下，隨即又低頭盯著棋盤思考。我記得確實總是有個人轉過頭跟我下棋，也記得西瓜棋的畫面，像一顆籃球一般有弧線，那時我也是非常拗氣，叫吃的時候堅持要把棋子按在那弧形的線上走，吃掉他的棋子。

但我不敢跟他說，我不記得他是誰，他的名字，長相，毫無印象。社團活動在一開學時也僅只點名過一次，其後大家時間到了就自己來下棋，沒有人翹課或請假似的，老師此後就沒再點過名了。

「那時候只有你跟我玩呢！大家都只跟自己熟的朋友下棋。不過，我到現在都還很喜歡下棋喔。」

他滑開手機，所言不假，一個資料夾裡專門收藏了幾個資料夾的棋藝遊戲APP，第一頁是象棋，第二頁是西洋棋，第三頁是圍棋，其餘分在第四頁，有的有棋譜，有的沒有，還有的可以線上對弈。他越是說，我越是抱歉，那時候我也只是想著打發時間，莫名其妙地選了棋藝社罷了。

我把這件事情一直擱在心裡，直到有一次我去某任男友的租屋處裡作客，那時還是毛孩子如我不小心把他桌上咖啡店隨行杯掃到地上破了，那個杯子看著非常昂貴，尤其對那時還是高中剛畢業的我來說，覺得錢之珍貴，撐起那些咖啡店品牌杯如同史前出土陶罐文物一般容不下任何裂紋。我念茲在茲想著要買一個還給他卻一直沒有，我不只找不到相同的，事實上，我那時內向得連走進一家看起來很高級的店都不敢。

後來跟男友道歉，男友卻說：沒關係啦只是個杯子。

然後我非常生氣，氣到自己在搭公車的時候，眼淚都跑出來了，倔得臉撇向窗外，硬把委屈收起來。事後男友送了一個相同的杯子給我，被我賞玩一陣子，最後收到櫃子裡，分手後試著尋找，但不知所終。

有些關係並沒有因為一點小事情裂解，是時間裂解了，人從彼端穿越，像翻盤的卒子，在我專注於車馬倥傯，相士離亂之時，兵卒不知何時過河，忽而就在身後，與我同一軸線，逼仄而來，問，還記得我嗎？

我其實有點想跟那個小學同學說，我真的不記得你當時這麼重視我了。最後我與他沒有留下聯絡方式，我也不知道如果我說了我不記得他，他會笑著說沒關係，還是也會有點生氣呢？

不過我想著他那時跟我說話的神情，我祈禱下棋這件事情給了他這二十年來許多的富足飽滿，就像他仍深深牢記，每週三下午三點到四點那個放學回家的前夕最心不在焉的時刻，有個人願意好好拿著棋子，滑過格線，好好陪他下一場西瓜棋。

名字

我非常不喜歡我的本名，相對於我的，哥哥的取名就審慎得多。

三十多年前母親懷孕，父親母親兩個人花了很久的時間討論他的名字，我猜當時的父親是深愛母親的，因此用了孝字，取了個以孝順母親為立意的名字，簡單直白的願望全寫在名字上。四年後母親再度懷孕，職業婦女如她無暇查找字典，在字與字之間查找未來的景象，臨盆前翻閱報紙突然看到一個記者或企業叫做智威，於是在醫生剖開母親肚腹把我抱出來前，我的名字比我早一些日子就誕生了。

一直以來我都不愛這樣一個名字，小學開始就總因為名字筆畫太多，在考卷上琢磨半天的不是題目，而是一筆一畫把名字寫清楚，曾經有個老師（其實有很多老師）會把我叫成智成，謝智成謝智成叫半天。小時候我太內向，不敢舉手反應老師你叫錯了，長大了點起了叛逆心索性放空不應，乾脆就讓你叫錯，最後等你問有沒有人沒點到名的時候再跟你說：老師你沒點到我的名字。曾經一個老師點名時叫智成，我不舉手最後才說：老師你沒點到我名字喔。

老師發現我就是他口中的那個智成，微微生氣地罵，為什麼剛剛不糾正我呢？

我回問他：為什麼你剛剛沒看清楚呢？

自此我和那老師結下不解之緣，我該科的成績一直就不高，儘管老師一開學就發生叫錯名字事件，此後還是難免看著名條把我的名字叫成智成，智成這次考得不錯，智成下次再努力，智成老師了解你。每每被叫錯名字的當下，我就覺得自己是智成的影舞者，替智成買2B鉛筆畫卡，替智成做報告，替智成舉手回答問題，躲在智成的面具下跟老師對話，心裡卻總是跳出畫外音。

「少在那裡裝得很了解我，你連叫錯名字的我有多討厭你都不知道。」

握著這個祕密，我賠上一科成績，消極地抗爭。

叫錯名字的不只老師，還有親戚。長輩親戚走過上課說閩南語罰十元的時代，此後只要一遇到晚輩說國語就生氣地罵我們這群外省豬，但時代總還是變了，解嚴後的民國八〇年代，穿著短褲戴著草編紳士帽的陳雷上電視唱著助燃就是美，全國各地不知怎地吹起一陣臺灣國語風，說著閩南語的親戚們看見小孩對著他們的問話搖頭搔腦不解，只能無奈地切回國語頻道。不習慣發出ㄓㄔㄕㄖ空韻和捲舌音的他們，無意間就在ㄓ後加上ㄨ的韻母，用可愛的口音把我的名字叫成豬威。豬威哩幾歲，豬威幾公斤。親戚自己本身沒有感覺，豬威豬威，一群堂表兄弟姐妹聽聞此名，再看著我當時人如其名的身材，年紀大的掩嘴偷笑，年紀小的放聲大笑。豬威來吃烤肉喔！

或許那只是一個小小的玩笑，而親戚也只是按著自己說話習慣發音，一方土一方人說一方話，再自然不過的事情，聽起來我的名字本就不是閩南語方便念得出來的，我使使小孩子脾氣嘟囔嘴就過了，反正三節才見一次，大半時間還是待在學校裡，親戚也不會夢魅般地追到校園裡頭來。

但其實校園才是個諧音字典大寶庫，小學三年級一分班，遇到新同學，一個女生馬上就替我取了綽號叫烏龜：「你看你外型手短腳短，個性慢吞吞，而且名字念起來又這麼像，當然叫烏龜啊。」我不甘示弱地反擊，看著那女孩也是手短腳短，就叫了她企鵝，但是怎樣還是輸她一截，畢竟她連我的名字諧音都考慮好了，綽號顧及外表長相和文字形音義，而我只是安了一個動物名字在她的身上。

我們從原本只是幼稚地互相取笑，互相攻擊，作為日常校園生活調料，久了之後也變成好朋友，作業報告，美勞表演，我們經常一說分組就自動找上彼此，一邊鬥嘴一邊合作，遞膠水剪刀，搭手借物，此段成了我小學時最快樂的時光。就連當年電腦的DOS系統遊戲如此罕見而珍貴，她也大方出借3.5的磁碟片，《炸彈超人》、《紅色警戒》、《仙劍奇俠傳》都是她在放學之前把包在紙袋裡的磁碟片，祕密交易般地塞到我手上。「我爸是電腦工程師啦，借你玩，玩完再用紙袋包好還我」，對於此般黑幫交易的畫面我永遠感激涕零，因為這些磁碟片，自此我脫離練習中文打字的唯一電腦用途，多了幾個老遊戲靈魂填滿空無的童年。

企鵝的美術天分高，我在她身旁經常覺得自己只是小跟班，看著她畫素描用水彩，筆筆都出自大師之手。一次我費盡心力用色卡紙剪剪黏黏一艘龍舟，把座椅和舟槳都用紙造了出來，還用美工刀雕花，盼望一搏美勞老師的讚許，座旁的企鵝看到我這麼用心，也忍不住稱讚，烏龜，不錯嘛，難得一次我承認你贏我了。

我望著不遠處的美勞老師和班導師聊天，聽見他們誇讚著企鵝巧手又做好美勞作品，倒數兩句話是「她是雙魚座的嘛」、「也難怪，上次素描畫得很漂亮」，整串對話中我的名字未曾被提及一次。

我並不記得那時的企鵝做了什麼作品，也許我全心全意在跟我的極限對抗，無暇顧及她，而我的龍舟並沒有得到老師太好的反應，別說稱許，且看有些紙邊剪得太急起了鋸齒毛絮，膠水上得太多卡紙浸爛，龍舟軟爛得像條蟲。但我沒有因為此事開始討厭企鵝，兩年的時光裡我們一樣互相攻訐取樂，下課討論紙黏土卡通《企鵝家族》的劇情，偶爾一起偷笑哪個老師在講臺上大打哈欠或為了講課擠眉弄眼的糗樣，但有許多時候我總還是徹頭徹尾感到我與她之間的界線。遊戲玩完了，期末把磁碟片用紙袋包好還她，背著一大袋書和雜物，彼此揮著短短的手說再見。

那時聽聞母校國小是炙手可熱的明星校區，分班後，升上高年級時，班級人數越來越多，科任老師也變多了，多對多的關係連結成一張大網。老師再也不一個個點名，另外做好籤筒，抽座號，問問題，每個人都變成一個代號，從此你的來歷被抹除。下課時，氣味相近的同學就彼此自我介紹，分享自己的資訊，一張一張人臉才亮了起來，聚合，形成一個又一個小型聚落。

但我開始害怕做美勞這件事情，跟新的同學總是口頭說著我美勞很爛，手藝不巧。回家之後才敢自己偷偷畫畫、摺紙，用墨汁滴在水面上，取宣紙暈吸，紙上就呈現一圈一圈歪扭的墨紋，用毛筆補筆，繪成山水竹林，在心裡替自己頗有樣子的作品暗喜，想學著大師落款，但也就是在紙張一角寫上座號，43。

分班之後，我再也沒見過企鵝，耳聞她出國念書了，我少了一個朋友，家裡的電腦也換了，十里坡和御劍術就隨著安裝在舊電腦的《仙劍奇俠傳》消失了。

或許綽號和那個年齡層關注的事物有緊密相連，國中之後，我的名字的諧音綽號從食品名稱遷衍到性。平時說話亮如宏鐘的同學總是會大手拍我的肩，叫：喂，愛之味，國文作業我下午再交給你，順便問一句，你ㄟ曉用電腦滾土豆某？輾轉曖昧幾週之後，就變成了：喂，愛自衛，國文作業我明天再交給你。說完自覺不好意思吧，解釋綽號是很愛自我防衛的意思，不是你想的那個自慰喔！

我不小心笑了出來。他見我沒有生氣，也笑著說：吼，你很邪惡耶，果然想到那裡去了。

升高中時所有學生都被大考逼急了，唯獨我日日躲圖書館看閒書，帶著CD隨身聽，耳掛耳機，把臉埋進小說裡，堵絕外界一切訊息，註冊BBS帳號時手邊抓了孫燕姿的專輯《風箏》，借以名之。厭惡名字直至厭惡種種名稱，總是覺得儘管都稱之為風箏，但這世界找不到同一隻風箏，只要跑得夠快，迎風飛起，就是身的自由。

從一個ID變成名字，身旁同學朋友認識我總不是用本名，認識代稱比認識本人還要早一點。我總會說，我不太用本名耶。其實有的時候我分不清楚，到底是我替大家置入了「本人不用本名」的概念，還是因為本就不太用本名，如此這般繞口令的關係。漸漸地，本名就變成只在證件、存摺、看病的時候才會出現的名字，甚至到最後，醫院診所都用了叫號系統，約診制度興起，個人隱私保護，護士不必也不能再跑出來大叫：謝智威先生。我只是看著手手上的掛號號碼，按照時間走進診間，醫生把健保卡插進讀卡機，溫柔問：謝先生怎麼了？哪裡不舒服？把病歷輸入電腦，接著由藥師調配藥劑。更別提當替代役在成功嶺由軍方代訓時，管理階級眼中的役男只會歸屬第幾小隊第幾分隊，是不是排頭，是不是器材班、打飯班，其餘的，就只是個編號。

新名字成為我極力掩蓋舊人生的工具，我總要幻想那些舊時的嘲笑諷刺，別人隨興而起卻意外記錄生命歷史的綽號，會跟著新名字的誕生而一筆勾銷；就像在網路上我隨時可以換個帳號暱稱上來雲端，用美圖照片和別人建立關係，遂拋棄這些舊有的人事物，也拋棄父母後來告訴我那個隨意而起的他人名字，轉注成我一生的標記。但其實這種幻想總在一些時刻宣告終止，比方正式的文件，簽約，親戚偶然來訪，久久見我一次已經成了生人面孔，直問這是大漢乀？還是細漢乀豬威？噢豬威那欸嚕來嚕高啊？我笑笑說三十歲了，再長高就要送醫院檢查了。

嗄？你已經三十多了喔，奈會遮遹緊（怎麼這麼快）。

他們心裡都只停留在二十多年前的豬威，豬威一直沒長大過。或許，有其他的可能。

有一次母親突然跟我說：其實你還有一個哥哥。

母親生完大哥的兩年後，意外地又懷孕了。但父親和母親當時並沒有留下那個孩子的想法，夜裡幾經輾轉反側的煩惱、討論。難以想像當年一個小小的三合院裡如何擺進我從未謀面的祖父、疾病纏身的祖母、父親一家三口、叔叔一家四口，再加上親來友往的探訪、賭客閒來無事就是幾片田地幾塊山頭的輸贏。鬧烘烘無一日安靜的舊家磚厝，又多一個孩子了。要說出口嗎？要生出來嗎？照顧得來嗎？夫妻之間拿不定主意，忽而聞訊政府先前制定有條件的墮胎相關法案上路，像是一種徵兆。幾日後她就偕同父親走進診所，面對診間醫師，說不上真切原因到底如何，如同多年後，她想起這段歷史，支支吾吾說自己已經記不清原因。

「反正就這樣了。」母親說。反正就這樣了，再過兩年又懷孕了，這次她覺得也許是當年擱置的孩子回頭來尋，決心承擔，一邊工作一邊帶孩子，存錢幾年後從舊家搬離，換到乾淨明亮的公寓，四個人，新生活。這樣可以了，大概是替當年「反正就這樣」說不清的，給個句號，交代過去，前塵往事都是句號以前的了。

聽到此事之後，很長一段時間我都在假設，如果當初母親生下那個孩子，今天或許我就不存在在這世上。不存在的感覺是什麼呢？我想像過許多畫面，比方我是一個發光體在宇宙星際間漂浮，而每一顆星星都是一個未曾面世的靈魂，或者是一個無受想行識的葉表皮細胞，開開闔闔替一棵樹呼吸，無謂生死；也有可能什麼都沒有，只是一片在魆黑裡不停看見視網膜隱隱約約透著蛛膜光影變化的屍體，等著被召喚，還魂到世上，成為一隻螻蟻、一朵花、一隻駝貨之驢，隨著商隊越過沙漠，不知去向，走，只是走著。

而我成為了人。

而我成為了人，有了名字。名字是那樣揀擇而起，拾字般得來；靈魂是曾放棄過的飄盪，回首來尋。成為我。我拚命拋棄，拚命追尋，都是未能選擇的、從來就不認識的自我，一塊一塊拼回去，發現無論哪個名字，都是隨機，是一幅畫旁的說明欄，觀者如何看待我，都有他們各自腦海裡的一個印象，與我和他們彼此凝視的瞬間，無言交談，無人可知其中私訊內容，只有我給對方幾片色彩，對方予我一點專心的眼神——儘管，都是同一個名字，在他們心裡，各有各的詮釋。

網路把時空扯平之後，一日我想起那些各自擁有我一個名字的同學們，上臉書搜尋，最後只找到一個人，那是我將企鵝的中文名字和羅馬拼音輸入框中，看到一張極為熟悉的臉孔。我傳了訊息給她：企鵝，你還記得我嗎，我是烏龜。

嗨，烏龜，我是企鵝。

我彷彿聽見她的聲音，一直都沒有變老似的，即便我現在已經抽高長大、手長腳長了，她應該還是會說，你看你動作慢吞吞，果然是隻烏龜。

或許她手上，還握著線頭，看得見被雲遮住的風箏的樣子。

夢境一／肯尼與犽羽獠

因為身高的關係，我的座位很少有變動，總是坐在教室最後一排的位置，看著前方的同學們各自像綠豆芽一樣發育，長高，被班導師盆栽般移動。到了高年級，女生發育得似乎比較早，位子就漸漸退到後頭來。

安妮就坐在我的旁邊，整整兩年的時間，我都被她嚴格制定的界線下（包括桌子的中線、椅子的中線、跑道線）謹慎地過活。如果我不小心超線，她會用大拇指和食指捏我說，欸你超線了。有一陣子我的頭皮屑不知道為什麼突然變多，有時候只是一個轉頭就雪花紛落，她就會說，謝智威你好噁心喔！接著又是一陣轉捏伺候，捏完趕緊收手甩甩，擺出吐舌作嘔的表情。

安妮的名字並不是刻意取得這麼洋味，她是混血兒，一頭棕色長髮，高顴骨，尖下巴，外國人的骨架，臉上放著很東方的五官，舉凡長假都會飛到夏威夷、關島等各種漂浮在太平洋上的島嶼度假，或是蒐集據點般到加州、東京等世界各地的迪士尼遊玩。她每每都晒得一身銅色返臺，放一個小禮物在我的桌上，說這是#@%*（一串英文）賣的$@&#（另一串英文），很好吃你吃吃看，隨後問我放假去哪裡玩了？我都不好意思說我都在家打電動玩紅白機，或是到熟識的家庭理髮店翻漫畫雜誌看到爽，盯著城市獵人狩羽獠面對壞人拿槍耍帥，下一頁立刻換一張豬哥臉繞著女角問要不要約會。

我每每聽到她講英文就羨慕，她就像是我在兒童美語補習班裡遇到的那些外籍老師一樣，總是能用誇張的嘴形和表情，以流暢的美語比較她去過的那些海島海灘有什麼不同，哪個地方的紀念品店比較好逛。而我總是會想起自己在補習班裡的口試，外籍老師會按照指定對話內容問我：What kind of music do you like?我沒想太多，只想著趕快結束考試，回答：I like classical music。外籍老師一個挑眉，冷不防追問：And?

呃……Pop music。

Oh, all kinds of music you like。

我當下覺得沒問題，反正想到什麼單字答什麼單字。事後想想覺得老師似笑非笑，大概想著這個華人小孩不知道自己在講什麼鬼東西。安妮聽到這件事情，一直罵謝智威你白癡喔，You idiot！隔天早上她看到我到學校就說Good morning, idiot！

我對此並沒有太在意，也不覺得安妮抱著惡意罵我。被填塞教育教出來的乖小孩，本就跟白癡沒兩樣，肚子裡掏一掏就那些單字了，人生空乏的很。幸虧如此，我只要有一點什麼新奇的事物就感到開心，安妮似乎也刻意照顧我似的，頻頻越過我與她的書桌中線，送東西給我。這是我住在&@&的安體（Auntie）買給我的巧克力，這是我上次去@$%%在他們%%＊＊原住民村做的編織鑰匙圈。自此，我似乎都能從她送我的紀念品、零食和照相明信片，描摹出一張屬於她與她家族在地球的足跡，跟著走一趟環遊世界之旅，並在地圖上標上一串亂碼，音標般註記我聽到的地名。

一次她又越過中線捏我，她說，她要辦生日派對了，某個週末下午在她家，半邀請半脅迫的口氣說：你一定要來喔！

接到此類敬邀，我沒有太開心的感覺，反倒覺得麻煩。麻煩在於我不知道該送她什麼生日禮物，也不知道「參加生日派對」該做些什麼？難道得像兒童美語課本裡學到的，戴上閃亮錐形帽，送上用漂亮緞帶和包裝紙包裹的禮物，或者在人群當中才藝表演。種種苦惱，讓我覺得自己完全不曉得能為這位蒐集了全球迪士尼門票的美麗混血兒準備什麼祝賀。

不用帶禮物來啦，你人到就好了，我媽媽很希望你參加。I，D，I，O，T，Idiot，別想太多啦！

得救了，不用帶禮物。但我仍舊到雜貨店買了兩盒自己最喜歡的自製小甜點系列點心，再買一張紅黃包裝紙，疊起兩個四方型的盒子，用飯粒當糨糊，用包裝紙把禮物包得很醜很醜，像從回收籃檢起來的過度包裝垃圾。打家用電話到她家，電話接通。Hello！

哈？哈囉？請問安妮在家嗎？

噢，我猜猜，你是智威吧！我是安妮媽媽。安妮正在準備派對，你要過來了嗎？我請她到樓下等你。

從我家到安妮家步行只要五分鐘，我抱著爛爛的禮物，一路上一直想著數週前安妮那句「我媽媽很希望你參加」是什麼意思，但還沒想透，遠遠就看著安妮在樓下等我。趕快啦！趕快！Hurry up！大家都在等你！安妮說。

我尾隨她上樓，門一打開，果不其然跟想像中的一樣，牆上掛著三角旗子，大盆子裝著果凍甜湯，大木盤裡擺滿了玉米餅、軟糖，唯一不一樣的地方，就是這公寓被布置得繽紛，卻顯得空蕩蕩的，只有安妮、安妮的妹妹，以及並頸短髮、五官清秀的安妮媽媽。

安妮媽媽看到我很開心，是真的開心的那種，小孩子很容易分出大人是真開心還是假笑，雙手搭著我的肩膀，輕輕推著我進屋子，替我戴上彩色錐形帽子（帽子上還有一個塑膠彩球是我沒想像到的），替我舀裝甜湯，並趁著安妮上廁所時，悄悄端出生日蛋糕，點上十一根蠟燭，等安妮一出來就開始唱生日歌。生日歌唱了中文和英文版本，吹蠟燭時，安妮媽媽問我要不要跟安妮一起吹蠟燭，我看著安妮，安妮說好啊，但是不准吹熄的比我多喔，你只能吹掉四根。

我小心翼翼控制自己的氣息和方向，只吹熄了兩根，安妮吹熄蠟燭之後，閉上眼睛許願。這過程中，我每每錯覺生日派對好像是替我舉辦似的，在場四人，唯獨我一人帶著彩色錐形帽子。

我等安妮睜開眼，安妮妹妹開燈，才把禮物遞給安妮。安妮一拆，發現夾在包裝紙中間的米粒，驚訝地大叫這是什麼東西啊（就像看到我的頭皮屑那樣作嘔的表情）。安妮媽媽說，原來是用飯粒當黏著劑啊，真是聰明！安妮媽媽還在安妮背後對我擠眉弄眼，要我別在意安妮的嫌惡。

其實安妮倒也不是真的嫌惡，我很明白，她非常喜歡盒子裡的自製點心組，拿汽水粉泡水，並用草莓醬擠在奶油餅乾上做小蛋糕，一下子就吃完了，而生日蛋糕卻還剩下四分之三，四分之一都是我吃的。

吃完點心後，安妮媽媽慢慢地收拾著碗盤和垃圾，安妮妹妹拉著我進她的房間，拿出許許多多長髮及腰的芭比娃娃，一個一個向我介紹，這是公主裝芭比，這是泳裝芭比，這是芭比的好朋友。這是芭比的男朋友，又拿出一個說，這也是芭比的男朋友。

芭比有兩個男朋友嗎？我問。

不是啦！芭比只有一個男朋友！安妮大叫，覺得妹妹真是個麻煩鬼。

安妮妹妹笑嘻嘻說，芭比有兩個男朋友，芭比有兩個男朋友，一個肯尼一號，一個肯尼二號，一邊拿著芭比娃娃假裝走路、約會、散步。我生平第一次見到芭比娃娃實體，而且是大量的芭比娃娃，穿著華麗好看的衣服在我眼前走來走去。安妮突然叮嚀妹妹，今天不要又玩那個遊戲喔！

妹妹看著安妮，露出不懷好意的笑，獻寶似的跟我說，葛格你看，一邊動手把安妮、安妮好朋友、安妮的泳裝，還有肯尼的西裝、肯尼的泳裝短褲全都脫了。摔角似的把這些娃娃扭來扭去，像是在摔角頻道看到的特技動作，演出一場格鬥秀。

安妮大翻一個白眼，覺得妹妹無可救藥，說，隨便你啦，有夠白癡，謝智威你陪她玩吧。轉身一跳出房間，幫忙安妮媽媽整理。

我看著芭比和肯尼的身體，像是穿上一件肉色全身泳裝似的，從頭光潔無瑕地延伸到腳底，肯尼的雙腳之間沒有小雞雞，芭比的身體也只是多出突出的胸脯，若把頭髮剪了、抹去口紅腮紅，穿上西裝，看上去也跟肯尼無異。

不知道為什麼，安妮妹妹開始玩起這遊戲之後，我也跟著她，想出更多運動頻道看過的動作：把娃娃拗成特技演員的樣子，像是芭比和肯尼下腰，雙手抓著對方的雙腳，像輪胎一樣滾起無敵風火輪；或是在漫畫或電玩裡看過的格鬥招式，性別錯置地讓裸體芭比使出昇龍拳，裸體肯尼使出百烈腳。芭比娃娃好像就應該這樣玩似的，安妮妹妹被我逗得樂不可支，笑倒在地，安妮媽媽走來一看，笑得這麼開心啊，安妮遠遠大叫：Mommy你不要理妹妹啦，她又把芭比的衣服脫了。安妮媽媽靠在門板，嘆口氣無奈笑笑。

難得覺得，自己貧瘠的人生也能帶給某些人樂趣。

傍晚時，安妮家的電話響了，直覺是母親打來要我回家了。安妮媽媽一邊講電話，一邊對我打暗號，是你媽媽喔，玩很晚了，該回去了。我看著她的髮際延伸到耳邊，有一顆小小的鑽石耳環像星星一樣，非常漂亮。安妮媽媽要我帶一些蛋糕和零食回去，還把錐形帽子送給了我，離開大門前，其實我比較想要她的耳飾，還盯著那閃亮的鑽石一會兒才離開。

當晚我又夢見那個夢了，夢裡我和犽羽獠一起泡在浴缸熱水裡洗澡，犽羽獠非常溫柔地（而且沒有擺出豬哥臉）替我擦拭身體和脖子。上一次夢到這個夢是小學三年級，隔了幾年，我才又夢到這個夢，夢中的他身形更明顯了，壯碩而長著胸毛的身體，細長而結實的手，夢裡的下半身泡在水裡，但這次隱約可見，一些黑黑灰灰的毛髮及其他。醒來時，看著枕頭旁邊的錐形帽，我想起安妮妹妹拿出芭比娃娃，介紹這是西裝的肯尼，這是泳裝的肯尼，肯尼有漂亮的方形胸，有些事情並沒有當下理解，但並沒有消失，只是擺在原處，靜靜地生長。

小學畢業後幾天，我走在街道上，一輛車子經過我身邊，停了下來。搖下車窗的是安妮媽媽，她非常開心地跟我打招呼，後座的安妮妹妹竄出頭來開心地揮手，而安妮坐在車後，臉撇向一邊，不發一語。我不知道怎麼回事，安妮媽媽說，智威好久不見，我們可能要搬家了，這樣安妮跟妹妹就見不到你了。

我呆然片刻，直到後車按了喇叭催促前行，安妮媽媽才跟我說：Keep in

touch！

車子緩行向前，安妮妹妹探出車窗大喊，葛格，下次再來玩芭比娃娃脫衣服！

我想起那個夢，但不能跟任何人說，那是個白日夢。之後我越來越常做同一個夢，我懂得在睡醒時，不斷回味那個溫暖而潮溼的夢境。然後背著書包，什麼事情也沒發生般地走進教室，看著所有正在長大的小豆芽們，抽芽，長出一樣的葉子。

炸彈

小時候的臺式麵包店裡，有一種我最愛吃的麵包，叫做炸彈。

大概是小學的時候，印象中第一次被母親帶進自家附近的麵包店。逛麵包店對小孩子來說是一件開心的事情，對我而言就像走進天堂一樣，那個天堂充滿蛋香、麵香、奶油香，我可以拿著夾子和托盤，在架子上一盤又一盤，黃澄澄的、琳瑯滿目的麵包群中，挑選自己想要的口味。當年的麵包店只會寫上麵包名稱和價錢，不像現在會鉅細靡遺的寫上成分和夾餡內容，也不會擺滿試吃的切塊。我就只能對名稱狹隘地想像，並以眼見為憑的方式去揣測麵包到底好不好吃，到底，一個娃兒也只能選一個，這次買了之後，後悔可是不行的，因為下次來天堂，就不知道是什麼時候了。

這些漂亮的麵包努力地把自己的優點往外翻，怕別人不知道似的，一個個說著：我是清爽的蔥花，我是濃郁的肉鬆，我是香甜的草莓麵包——這些，讓人一眼就看穿了的名符其實總讓人猶豫不決，光是看到麵包就知道它們放進口中如何如何美味，卻也缺乏想像，好像這個也可以那個也不差似的。

一個小孩的人生難題，擺在空著的托盤和躊躇的夾子上。

直到母親催促著要回家了，一時情急，我瞥見角落一盤沒什麼人夾的，滿滿一盤，長得像小橄欖球的麵包：「炸彈，二十五元」。我既猜不出它到底是什麼味道，也不知道它為什麼在眾多麵包中特別的貴。當年的草莓、克林姆麵包一個十元，蔥花十五，海苔肉鬆二十，二十五元的可說是天價，等同當年麵包界裡的勞斯萊斯。

如果只能選一個，我何不選那個最貴的呢？

到家之後，我好奇地咬下一口，咬下去前不知道是炸彈，咬下去之後知道什麼在爆炸。炸彈的外皮其實跟菠蘿麵包一樣是酥皮，酥皮底下是麵團，中心居然還有葡萄乾奶酥內餡，果然低調奢華。我有點意外，這樣一款外觀完全不知道它在賣什麼關子的麵包，卻被我吃出點眉目來，心想「大家都不知道吧，只有我知道你的好」。我帶著這個小祕密，看到別人在吃上面繞著粉紅圈圈的草莓麵包、裹滿美乃滋的肉鬆麵包，不禁幼稚地想：你們這些虛有其表的東西，就賣給膚淺的人類吧。

那個時刻開始，我覺得自己跟炸彈麵包很像，拚命地喜歡炸彈麵包，有零用錢時會繞到麵包店買炸彈麵包當點心，校外教學的時候也會帶，學校訂的早餐偶爾會在牛奶籃裡出現炸彈麵包，我就用自己的調味乳跟同學換。同學不知道為什麼我這麼愛吃炸彈麵包，不過就是有著酥皮又夾了奶酥的麵包，就答應交換。

他們不懂，有一個東西代表自己，並當成祕密揣著，是多麼好的一件事情。

我不必像他們一樣把機器人或是電子雞帶到學校炫耍，我安靜地吃著這個包得緊緊的炸彈，像一個封閉的殼，把自己關在一個安全又不為人知的地方，嘗著自己心裡的甜美。

當年那個揣著祕密的孩子總會長大，一個二十五元的炸彈再也滿足不了心裡需求的價值，我突然發覺有些事情不能自己說好就是好了，尤其當喜歡的不是一款麵包，而是一個人時，我就不能用幾個銅板就擁有最想要的東西。但是人用錢也是買不到的，我注意到當年我喜歡的那個男生早上喝了左岸咖啡館的奶茶，此後我的二十五元就拿來買他的左岸，每天一杯，一個月五百元，幾個月下來，都不知道花掉多少零用錢了。

那個男孩待我不差，儘管知道我的心意，又怕傷害我，婉轉地說「當朋友就好」這樣的話，也說過要我別花這個錢。

但當年的我沒聽懂，大抵所有人一開始的喜歡，都是學著自己曾受款待的方式款待別人吧，我仍舊悶著頭，封閉著自己的耳朵，不停地買著左岸，卻又因為他拒絕了我，每天到學校，把左岸擺在他桌上之後，就陷入憂鬱。

但現在回想起來，當年的我太天真了，如果每天一杯左岸就能把一個直男掰彎，那這個世界上悲傷的愛情故事就會少一點了吧。

其實，我知道自己一直都是聽不太懂人話的人，當別人說「謝謝你」、「真的不用了」、「非常不好意思」，我都聽不懂他們笑臉之中的推諉和拒絕。我只是顧著自己想這樣做所以這樣做的白目，存活到今天。

大概也就是這麼封閉的白目，才會讓我根本不自覺傷人又傷己地走到今天，如果我的白目是一臺除草機，大概可以除掉蒙古高原這麼大片的草原了。

很多年前第一任男朋友總說我是個講不聽的人，當他說「我知道你很好，但我們不適合」的時候，不知道為什麼我總是把重點放在第一句，不停思索邏輯上的矛盾，卻聽不懂這世界上很多語言都是夾層和包裝，像有些麵包吃完表層的醬啊肉鬆啊，剩下的就是單調的麵團了。

後來我才曉得，我並不是他唯一的選擇。

一次又走進自家附近的麵包店，卻在架上找不到炸彈麵包了。和老闆娘攀談起來，才知道做炸彈麵包不容易，得做表面的菠蘿皮、中央麵團、內餡奶酥，把三個按順序包裹，放進炸彈麵包切成兩半的模子，蓋起來，放進烤箱，在烘烤中膨脹，定型。因為麵包的大小是模型決定的，於此麵團的分量要拿捏得剛好，太多麵團密度太高，成品會太硬；太少麵團會因為受熱太快隨即烤焦，而撐不起酥皮的麵團只要一開模，麵包就旋即塌陷。

我想像著麵團在模子裡是如何受熱，悶烤，充滿模型裡的空間，要多少的酵母和麵團比例，才會撐起一個軟硬適中，外酥內香的炸彈麵包？也許有一種人的人生路徑就是這樣，在自我封閉又拘謹的空間裡，為了摸索一個完美的密度，悶著頭，承受空間和熱氣的壓力，慢慢地烤熟那個最不懂事的自己。

吐司邊的滋味

公司最近燒起麵包機，團購麵包機人手一臺，全自動可預約不沾手，前一天晚上放材料進去，隔天早上就有新鮮吐司能吃。熱潮順勢帶動各種周邊效應，團購核果、果乾、麵粉、巧克力，還特開網路對話群組討論食譜和小祕訣。整層樓就像一臺大型麵包機，定時定點都會有麵包自動出爐。

姐姐們做麵包餅乾，原料像是不用錢地加，核桃蔓越莓巧克力粉大把大把放下去，切好塊之後四處巡銷，倒也不必真的掏出錢來買，就是開心地拿，開心地吃，用力地稱讚，這一天她的人生就值了。

一次送工作案件到另一組，桌上不例外有切好塊的吐司，東西放下轉身要走之前，果不其然，姐姐們就東一句西一句分不清是誰問的：「欸吃早餐沒啊？桌上有吐司，誰誰誰做的，吃看看喔。」

無論吃過沒吃過早餐都得捧場的，我按照習慣拿了吐司邊起來，吐司原作者姐姐就說：「欸怎麼不拿中間的，中間的料多，你看那核桃放了多少啊！」

其實我喜歡吃吐司邊耶。我說。

另一個姐姐附議了，我也喜歡吐司邊，要烤要煎都很好吃。

而且不會浪費呀。

對，你懂！她好開心，彷彿找到知音，但大家都莫名笑了。

小時候，元祖在中秋節推出雪餅，一隻兔子配上七彩的月亮圖案，加上冰淇淋內餡，小孩子看了，一定都要拋棄又油又一成不變的中式月餅，跟爸媽吵著一定要吃雪餅，才有跟玉兔一起在月球上的廣寒宮過節的感覺。

父親母親拗不過當時只有一年級的我，買了一盒雪餅放進冷凍庫，但跟我約定要到中秋節才能吃。那是多漫長的時間呀，我掰著手指算著，到中秋節還有五天，還有四天，還有三天，我天天打開冰箱確認一下，還在還在，還有兩天、一天。

中秋節當天，全家要去山上的阿姨家一起烤肉過節，一坐上父親那臺紅色小喜美，就看見母親手上抱著那盒雪餅，還以為我沒看見似的用布蓋著。

雪餅可以吃了嗎？我問。

母親一開始不說話，我反覆吵鬧詢問之後，她才鬆口坦承要把雪餅送阿姨，還塞了一百塊錢給我，說：「一百塊給你跟你交換，好不好。」

那時我還小，還沒學髒話，我心裡跑過一堆為什麼，最後抽抽噎噎哭起來又說了幾個為什麼，但不是真的在問為什麼，而是不精確的字詞指稱著髒話的內容。

到了阿姨家我仍然沉沒在不能接受事實的狀態裡，也看著母親把雪餅送給阿姨，阿姨居然也沒拿出來說大家一起吃，就收進了冰箱裡。

我的玉兔、廣寒宮、雪餅，都變成一則遙遠的傳說。

看著所有人杯盤喧騰，我在沒有人的後院繞來繞去，要回家前才回到烤著肉的前院，這期間彷彿沒有任何人知道我的存在。肉烤完了，阿姨才問，你有吃飽嗎?再吃一點吧。

我什麼也沒吃，但又有人逼著你吃東西，所有烤過的肉菜都被吃完了，只好拿起長條塑膠袋中最後一片吐司，翻過來看，是吐司邊。我啃著吐司邊，發現它有一種正常吐司沒有的焦苦味，那是沒吃過的味道。

阿姨說，怎麼吃吐司邊呢。

我沒吃過，還滿好吃的。我說。

怎麼這麼可愛。阿姨笑著說。

當天烤肉圓滿結束了，撇開我就賓主盡歡，不剩一個食物殘滓，我吃的吐司邊，是最後剩下的食物。

許多年後和A交往時，我曾和他說過這個故事，那一年他訂了一盒雪餅給我，差不多的包裝，一盒十二個，各有各的圖案口味，像是一樁陰謀，讓人捨不得開任何一個來吃，就怕缺了它們原本的完整。但我仍把雪餅放在冰箱冷凍庫，跟母親說冰箱有雪餅可以吃。她說好，你先吃吧。我說那句話時身體顫顫的，不知道她有沒有想起十五六年前，她抱著的那盒雪餅。

A送的雪餅我只吃了一個，其餘的放在冰箱，很快就不見了，但我也並不特別在意了。當天我用小叉子插起麻糬皮裹著的冰淇淋，冰淇淋在嘴裡融化，突然想不起那一百塊後來去哪了。我記得烤肉當天哥哥吃著土司夾肉片、烤雞腿、大口大口喝著沙士，還在山上庭院裡綁著的盪鞦韆上盪來盪去。回家後他跟我說，欸，我有吃到雪餅，你有吃嗎？

為什麼你吃到了？

大家找不到你呀，就分掉了。

我摸摸自己的口袋，沒有那一百元，大抵是在後院掉了吧，跟著那些吐司邊的屑屑，一起落入生態系裡消解了。

很長一陣子我都在早餐店裡，看到老闆會拿吐司邊當吸油墊，雞蛋肉片漢堡肉煎好之後，就會放在吐司邊上，等著讓副手拿去包成三明治和漢堡。所有人都期待成品趕快出來，趕快付錢，趕快提著早餐上班上學；我卻總是盯著吐司邊看，吸滿了髒油、蛋液和組合肉的肉汁，變成一塊髒髒的抹布，收攤時被拿來抹煎盤，然後毫不留情地丟掉。

好孤單啊，如果一排吐司不是那樣橫著切的話，也許會變成大家喜歡的其中一塊柔軟又美味的吐司吧。

於是當我拿起吐司邊時，說我喜歡吃吐司邊，很多人的反應都像那些姐姐一樣說著，邊邊不好吃，拿中間的。他們笑著說這句話的時候，我突然覺得自己變成一個好特別的人，就像早餐店裡的吐司邊一樣，只有邊邊才有躺在煎鍋旁，擁抱所有髒汙的權力。

我說，邊邊很好吃呀，苦苦乾乾的，耐嚼，又不浪費。

我猜想那位附和我的姐姐，一定聽得懂，我們各自的過去曾有怎樣的妥協，才喜歡吐司邊的滋味。

精靈不可夢

《Pokemon Go》開放下載之後，城市就變成了兩座，一座有形有體的，一座在大大小小男女老幼訓練師手中的。不說無形的，虛擬的，是因為我想起小時候的自己也在意識裡構築出一座城，想像自己有魔法，在每一個街口罅隙，暗巷轉角，都會竄出一隻善惡難知的精靈，魔法就成為我保護自己或是收服那些無名妖物的護身術。

小時候的我珍藏一套七色細字彩色筆，紅橙黃綠藍紫棕，悉許是人生第一套，珍貴得我得把每一種顏色想像出一種功能，紅色是火，黃色是光，綠色是風，藍色是水，紫色是收服，橙色棕色太少使用，想不起來魔法內容。幾次在從美語補習班回家的暗夜路上，看見怪物就藏在停在一旁的廂型車駕駛座上，是叫做「會開車的無頭男爵」怨靈。我用紅筆在手上畫三角形火咒燒毀，用黃筆在路燈桿上畫米字光咒，點亮回家的路。路人要看了，一定不知道這個胖小孩在手上鬼畫符，又對著廂型車喃喃自語什麼，不過就是靠頭折彎了的駕駛座上，套著一件車主忘了取下的釣魚背心，有必要這樣膽戰心驚，又自己當起自己的軍樂隊鼓振士氣向前進行嗎？

後來我的彩色筆從七色變成三十六色，又變成七十二色，一開始還有耐心一個一個貼上貼紙，一邊貼一邊想一種魔法，想到後來也膩了，繼承三十六種魔法後想到第四十種就放棄，到底幼時的煩惱才那麼丁點大，需要多少魔法解決人生的困境？

或者我很早就體認到，好好寫作業，會比假想一隻黃綠色的彩色筆畫在手上可以瞬間解決堆積兩個月的暑假作業還要重要，也沒有一隻彩色筆能挨住老師的罵，沒有一種顏色能擋住時間流逝。

那時不知道這叫實際，但我已經體認到了實際。像是宣告那些躲躲藏藏在城市暗處的精靈，此刻開始都要消失，因為那些是想像，想像是無形的，這個世界沒有想像界的共通語言，它只存在我的腦海裡，變成我心思宇宙裡，繁星連成的地圖。

小學三年級時母親會騎著機車到學校接我到她公司，一間小型女工加工廠的電子端子公司，每個女工都在與時間賽跑，機器上掛著一大個像唱片一樣的紙捲包的端子，抽出紙條，拉出子彈般的端子到車床上，手捏著端子線，一腳一個，把端子釘到線上時，發出機械般的喀噠巨響，機器上的計數器跟著跳，工錢也幾毛幾毛地緩慢累進。午休時間是唯一安靜的時刻，沒有人踩機器，嚼著口中的飯，配著日日講著的幾句寂寥閒說。直到母親把我載到公司，買好午飯，一群阿姨圍繞著團團轉的，是她們暫時脫離工作，有了新的話題的閒暇時刻。幾歲啦？讀幾年級？胖胖的真可愛。說完之後，又得各自回到自己的座位上，看著如同計步器一樣的計數器跳著，而青春就像包著端子的紙捲一樣，越拉越長，也越拉越少。

此起彼落如槍聲的女工工廠裡，我飯後無事可做，總不能玩著餐後的雞腿骨和飯糰包裝袋，只好拉起包端子的紙捲，摺起紙星星。

要摺紙星星，要用紙條打一個五角形的結，再用剩下的紙不斷纏繞，紙條會像這世界本就預設好的數理魔法，繞著五角形的五個邊，服服貼貼，毫無贅餘地包覆在最初的結上，繞成一個有厚度的粒子聚集體，再將五個邊往中間一拗，就膨脹成一顆星。

每次摺紙星星的時候，都讓我覺得自己是超然宇宙外的神，宇宙在我手中，我決定星體的大小、顏色，我決定星系應該長成牛奶瓶狀，要塞上軟木塞防止黑洞吸走一切，再用緞帶打一條漂亮的銀河結。

星系起點是一個結，混亂的粒子規則終將抵銷上下不穩定的施力，變成一個平盤狀的美麗漩渦。於是當我拿起端子墊紙，打上結時，覺著一個宇宙新生，專心地繞著紙星星，就像混亂的粒子趨靜，服貼在數學家和科學家們運算出來那些深藏於人類不可見的黝黑中的自然法則。但我沒想到的是，紙星星越繞愈大，一顆星不知怎麼地繞成了一顆如拳頭般大的巨大飯糰，邊邊還厚實得無法往內拗。

我看著母親和工廠女工的背影，霎時又聽見剛剛隱匿耳側的，接連不斷為生活踩著的釘端子聲響，越變越大聲，清晰。而手中拉下來的墊紙是女工們的長長的廉價的青春，想摺星星，卻繞成了飯糰。

當替代役帶小朋友時，介紹萬聖節會有蝙蝠、女巫、南瓜鬼，晚上會出來吃人喔。小朋友望著課本裡的內容嗤之以鼻地笑，葛格你白癡嗎，鬼哪有什麼好怕的。他們的意思是，他們知道鬼，但是不覺得鬼可怕，不懂大人為什麼老是用鬼來嚇他們，會訓斥他們上課不准拔嘴（打哈欠）的老師還可怕一些。而山區校園裡的精靈可多著，他們在草叢裡抓蟋蟀，春夏之交看稀少的螢火蟲如鬼火般飄，校園旁的樹果熟了引來一群兇惡的虎頭蜂，幾個小朋友最喜歡交頭接耳說的，是馬桶裡會有蛇怪喔，但其實是誤入校園的臭青母。而我們這群大人老師替代役葛格，就只能窮緊張地抓蛇抓虎頭蜂，除除草，掃樹葉，把地景裡的罅隙暗昧之處排除，放在眼皮子底下，只看見我們想看見的東西。

人都說小孩子的感應力強，每每聽到一個嬰兒對著哪邊笑，對著哪邊揮手，大人們會感到恐怖的原因，不是因為那裡藏著一隻害人的魔神仔、山魅，或是無從超渡的孤魂野鬼，而是，我們早就忘記了，自己小時候也曾想像著這個城市隱地裡有一張看不見的星星連成的地圖，有路樹精靈，垃圾鬼，會開車的無頭男爵，會說話的郵筒，窗簾美女，忘記那年我們把金幣巧克力當成真的金幣放在嘴裡啃，用紙盒大富翁的紙鈔買下整個臺北時的狂喜。我們害怕的，是看見了那些回不來的想像，再也不敢伸手去抓的遺憾。

《Pokemon Go》開放時，因為自己的手機玩不了，任性地嚷喝著要朋友都去玩吧，別理會我了，我要徹頭徹尾當個山頂洞人，不要再走進任何一個輕薄的雲端時空。朋友知道我在賭氣，逛街出遊，上班午休，紛紛把手機拿出來借我，丟丟寶貝球，抓抓那些在平行於現實的另一個城市裡，那隨處可見的波波、毛蟲、鯉魚王，可愛的胖丁、依布、可達鴨，少見的快龍、多邊獸、大蔥鴨。北投公園跟中壢圖書館人滿為患，南寮漁港跟大湖公園傳聞有什麼稀有的精靈，我拿著同事的手機在手中，先餵食桑葚，再旋轉神奇寶貝球，丟出，捕捉到的不是當年我小時候遭遇過的那些精靈，而是人手一隻的暴鯉龍。我總會想起小時候的那套彩色筆，以及曾經在自己手中畫下的符文，喃喃自語著的，無人知曉的咒語系統，它曾經消滅一些妖魅，曾經用魔法點亮路燈，最後這些魔法都慢慢隨著彩色筆筆芯墨水蒸發而乾燥。會開車的無頭男爵跟著拖吊車一起被拖到垃圾場報廢，路燈桿上的咒文早就被雨水洗去，準時在清晨熄燈，不再迎接出門上班的人們，也不會迎接不再做夢、沒有魔法的我。

而紙星星怎麼摺，怎麼繞，都不比便利商店一個二十五元的御飯糰，鬆軟，方便，美味可口得讓人可以寂寥地再虛耗長長的青春，變成長長的端子墊紙、報表紙、薪資單，再變成鈔票銀河，隨生命黑洞流去，美得抓不住一顆恆星。

十五歲的菸

念書、考試、喜歡某個人。我總在想，每個人的學生時代是不是都像我一樣，簡單得可以用幾個辭彙，寥寥幾筆畫出互不相干的幾條線，就風風火火地描繪完了。回頭看那些無盡的蠢事，卻都只是繞在幾個字上面：我喜歡你，對不起，謝謝你。

卻也就只是這簡單的幾筆，把那三年畫得一團紊亂。

我和班上幾個人走得近，成績好但脾氣惡劣的L，脾氣好但古靈精怪的F，被我們欺負又愛混進來的M。每當L開始取笑班上某些同學時，我們幾個就會跟著瞎起鬨。L常常會莫名對某些同學找碴，比方為什麼考試考這麼差？為什麼字寫這麼亂？為什麼不跟我們一起打球，你是女生嗎？幾個同學不理會他，澆了冷水，以為這樣就能讓他自己休停，但L就像跳跳糖，沾了水反而爆跳起來：回答啊！怎麼不回答！你娘娘腔嗎？

當時的老師們也對這些事不聞不問，不知道是同學太善良，沒有真的去告老師？還是我們藏得太好，總能在老師進教室前裝回最善良乖學生的樣子？抑或是當時的風氣根本覺得那幾句話無傷大雅，就只是學生理所當然地開開玩笑？所有身體就像花綻開的國中階段，校方只顧著對付唯一一個難纏議題——異性戀的「性教育」。老師和同學假正經地抬頭看著教室電視，放著公播版的性教育錄影帶，影片動畫描述了性關係等於男生的陰莖放在女生的陰道裡最後精子們一起衝向卵子到最後一個圖破重圍或雀屏中選地變成受精卵著床變成嬰兒然後爬出長長的隧道看到神聖的光芒最終變成人類的故事。

這一串太長，但當年也只有這樣唯一一種說法。

當時教健康教育的是女老師，她必須得好勇敢地板著臉，就像是嚴肅觀看一則生物學的重大發現的表情看影片，同時嚴正地對底下竊竊私笑語「幹你硬了嗎」、「硬了啦褲子都撐起來了」的男學生責罵：不要開玩笑！你們也是這樣爬出來的！

吼，老師，我是醫生剖開我媽的肚子，把我抱出來的啦！

L回嘴說完，一群人笑了，另一群女生立刻對他白眼，幼稚鬼！然後害羞地把眼神轉回電視螢幕上。

影片是這麼放了，放完了沒事了，就像在看另一個生物界的生殖過程，我卻像是在更外圍的地方看著這個生物界，同學們仍然開著莫名其妙的性別玩笑。接下來幾週，我總是會好奇地看著隔壁的隔壁的隔壁的同學，午休時，他用毛巾包著聳立的陰莖來回搓動，並四處搜尋著目光，看看到底有沒有人看到他的表演。

F用筆點點M，M用筆戳戳我，欸你看啦那個誰誰誰在打手槍。

遠遠的L聞訊就跑了過來，幹！他驚訝大叫：怎麼一個人打！幹！周圍一圈男生被吵醒，沒跟著起鬨，只是乾笑之後搖搖頭覺得無聊噁心，隨即趴了下去。

不敢看嗎？沒種啦！娘娘腔！L即便用氣音叫囂，搭著表情，聽起來也跋扈得很。一個同學氣不過L的態度，就反嗆回去，看就看，誰怕誰？但L又會說：男人打手槍你看什麼看？你有興趣嗎，你是gay嗎？

L總是有辦法，惹得同學生氣，又讓同學覺得是自己自討沒趣，就算把事情告訴老師，老師也不處理。比起L，老師寧願處理那些晚上打工，白天不得不睡覺補眠，但在班上對同學很好的幾個學生。每每體育課和他們打球，或是理化課做實驗的時候，那些同學好不容易享受著該有的學生生活，玩得非常開心時，突如其來的廣播，就會把這些學生揪到訓導處。而以L為首的我們這一小圈，就只是沒事調皮搗蛋但是還是會念書的孩子。

因為會念書，所以是乖孩子。

霸凌這個詞在當年還沒出現。在一群小男生的心裡，想著欺負同學跟玩是沒有兩樣的事情，卻沒有想到對方願不願意跟我們玩。

L最常取笑某某人是娘炮，ccgirl，gay，F會跟著笑笑，M會沉默不語。這些字一開始我聽不懂，就在我腦海裡轉譯成一串注音，帶著髒話的意思。那時我對一個女孩有些曖昧，我們每天寫交換日記，寫完之後在文末寫上「你的知心好友」六個字，彷彿某種盟誓祕語。下課時，她的好朋友就會和她手牽著手去廁所，回頭不忘給我眼色，我就會偷偷把日記本塞回她抽屜裡。有一次她感冒了，我在放日記的時候就幫她清理掉抽屜裡那些衛生紙包成的餛飩，等著她回來看見一乾二淨的抽屜，留著一本日記本，轉頭對我笑笑，當天的日記上就有了這一段謝詞。

那是個只有男生女生配的年代，學生最常做的事情，是跨越班級隔閡，討論哪個男生跟哪個女生的速配度。當時班上有個短頭髮的女生不但成績好，長相又可愛，跟另一個班級總是拿到全校第一名的男生每每都風言風語地傳出兩個人正在交往（或是應該要交往）的消息，樹立了校花和校草的典範。補習的學生還把話題帶到補習班，校花校草就正式跨校對抗。

女孩和我會成為像校花校草那樣的一對嗎？儘管心裡常常想像著這件事情，但我形容不出我和女孩相處時的畫面，交換日記常常就是寫著問候的文字，或是單純描述了當天發生的事情，問她，妳也有看到嗎？你覺得呢？這類恬淡如水般的話語。但我的腦海中偶爾會閃過健康教育課的畫面，想像著，我和那女孩也會經歷那種過程嗎？這個過程是會讓老師板起臉、男生邪惡訕笑、女生惱怒的事情嗎？又或者我根本想得太遠了，就像F常會偷偷告訴我：欸！那個L跟班上的某個女生到幾壘了耶。我才只是跟女孩寫著交換日記，似乎還有好多壘包要踩的，怎麼可能就直接跳到了爸爸和媽媽怎麼製造小孩的「神聖過程」了？

有那麼一個瞬間我突然覺得不對，幼時對男性身體的記憶恍然間獸般甦醒，吃掉心裡的某個自己。我分不清楚那到底是喜歡她，還是我只是需要一個溫暖的朋友，可以用來借放寂寞；或是憑藉著寫交換日記，在字句和字句之間和她勾著小指頭一起上廁所。

一個擅長運動的男同學打完球走進教室，身上冒著那年紀難以洗去的費洛蒙氣味，迷濛地進了教室。他的出現，像是踩踏過了公播版影片裡破破爛爛的兩性教育紙城堡、電視電影的片面影像、校花校草的坐在補習班隔壁一起念書的模樣，都被他踩得實實的，平平的，留給我一點空隙，那裡，我好像可以恣意地放進屬於自己的位置。

我才是主角。

直到這一刻，我鼓起勇氣，清清楚楚地把這個危險又艱難的角色握在手裡。配角誰都會當，扮一棵樹直直站著，扮一隻鳥啾啾地叫，都是些無關緊要的跑龍套，生死都沒人在乎。但直到這一刻，我才有了第一句臺詞：我喜歡你。

我偷偷上網查資料，在游標打上：男生喜歡男生，搜尋出幾百萬條結果，我才知道，原來我不是唯一一個。而L當初說的那一串自動變成注音字幕的，突然都跑出文字和定義來。

我好像就是L口中那樣的人。

但我始終沒有和誰說這件事情，畢竟連異性戀的性教育都可以弄成做教學評鑑般打打勾做做紀錄就交差了事的慘況，我無法想像：如果又冒出同性戀這名詞，老師一定無暇理會，也根本沒有人知道要怎麼處理比起當下更加複雜的人際關係。但也因此，當L用這些字取笑同學時，我突然語塞，只覺得難堪。看著同學一樣用毛巾包著下體打手槍、L正猖狂、被取笑沒種的同學還是難堪而憤怒、F一開始會說好啦不要玩了但後來也隨波逐流、M傻笑帶過一切、坐在角落的我所喜歡的他露著英俊側臉酣眠、另一頭，女孩正抬起頭看著我，眼睛很大，像水，好奇地看著我。

我狼狽而逃。

有一句話，當所有人的表情都那麼明顯在我心裡顯影，那句話就從那一刻被我帶出教室，跑進廁所，到現在一直還響著的話：對不起。

對不起，這三個字，每天都和那些臉孔反覆印刷著。

我單戀著那男孩，幫他抄筆記，請他喝飲料，替他傳情書給另一個女孩，不告訴他原因，就像普通朋友那樣做這些小事一樣，沒什麼了不起的。直到畢業，兩個人成績差異頗大，考到不同學校，單戀才告終。我因此鬆了一口氣，同時，我也終於不用為了避免自己變成被霸凌者，在L的面前裝出一副正常人的樣子，一起取笑同學。

國三那年，我無端中止了與女孩的任何關係，不和她說話，不和她來往，看到她當作沒看到。她非常想知道我到底發生什麼事情，寫了一封信給我，那封信的信紙一張要價十元，是在書局裡買的好貴好精美的厚的書寫紙箋。信中寫了許多關心我的事情，體諒我念書辛苦等話語，最後最後才好奇地問我：為什麼都不和她說話了？

「我好難過。」她說。在國中那個語言貧瘠情感飽滿的年歲裡，她只說得出這四個字，終結了她的初戀。信末她署名：你的知心好友。簽上日期。

但她始終不知道，那個男孩在我心中的地位。

畢業前的日子，偶爾我還是會不經意地瞥見，她轉過頭來，用水汪汪的眼睛看著我，發出疑問的眼神。

對不起。

後來M打電話來，說要跟我談談，地點就約在國中校門口。他說他畢業後喜歡上了F，那也是畢業之道才知道的事情，但是F那時已經有女朋友了，F並不想打壞友誼，只能閃躲著M，M心裡一池苦水只好往我身上倒。

我當下才跟M說我那時喜歡班上同學的事情，M說他知道，但是他替我隱瞞下來了，理由也一樣，他露出盟友般的憐惜表情。我還沒對M說謝謝，M話鋒一轉，就說起了L的祕密。

「你知道嗎，聽說L在國三考完試的某天下午，那天不是段考完大家都沒事？我們叫他一起來打電動但是他不要的那天。」

「他終於跟他喜歡的女生在一起了嗎？」我問。

「才不是咧。」M的眼神輕蔑的轉著，「七班的那個誰誰誰你知道嗎？長得很帥的那個男的，去了L家，然後做了。」

「做了什麼？」

「就那個嘛！唉呀我也不知道啦！我又沒做過！」M憨憨地說這些話，緊張地拿起菸盒，抽起菸。聽到這些事情的當下我想起那些被他欺負過的同學們，以及那些我也曾經在一旁起鬨的那些時刻。

「L的媽媽不知道為什麼那天下午就回家了，一開房間門就看見他們正在做那件事情。最後氣著說要告七班的那個同學，還是學校的輔導老師把事情搓掉的。」

話說完了，M又吸了好大一口菸，像是要把所有很委屈的事情通通吸進肺裡，再長長地吐出來。此刻我才意識到，他什麼時候學會抽菸了？問了他，他說別管啦，有些事情不知道該怎麼說，就抽菸吧。

那一刻我多麼想也來一支菸，看會不會在吐菸的時候，把女孩的臉也吹散。於是就跟M要來他手上的菸，吸了一口，沒有吐出委屈，卻嗆得直想哭。從那一刻我知道，自己不是能抽菸的體質，沒有什麼可以如此輕易地被尼古丁和煙霧帶走。

後來我再也沒有遇過這些同學的其中一個，每次經過國中校門口，我都會想起那些同學在看性教育影片的時候，那窸窸窣窣竊竊私語的樣子，像是悄悄說著我完全不明白的祕密；也從來沒有人告訴我，我那時喜歡女生卻又喜歡男生的事情，是怎麼回事。

但我只希望，那個女孩後來都瞭解了，就像M吐出來的一口菸，穿越過雲端，才看清地底上的人是怎麼活著的，那些日記上的字是真實的，拍得很爛的健康教育影片也是真實的，L的話語和祕密也是真實的，只不過，這些都是一則又一則的片面，把青春切得血肉模糊，傷心和快樂都難以辨別。
我也希望女孩，在這不明所以一切的之後，有一個幸福快樂的人生。

壞電池

手機又眨眼了。

我與學生時期曾交往過的一個女孩，多年未見，她用臉書找到我，百轉千迴許多話跑過，卻只能簡短打招呼：好久不見。不偏不倚此時手機跳出「關機中」的字卡，眼睛一眨，轉身離開。

手機電池壞了，明明顯示還有九成電量，就讓我在聊天或看影片流串的過程中，跳出關機中的字卡，僅告知我這個雇主一聲「欸我下班了」，就猝不及防地畫面一黑。

它眨眼了，卻是我看到黑暗。

壞電池的問題持續數月，我沒解決。朋友說，最近電器設計都是這副德性，把電池做成有壽命的，就像人類身體，糟蹋著用無疑很快就壞，但就算非新保養至多只撐兩年，將來必得找人檢修，再賺一筆電池費。

以前智障型手機一用七年，想買炫目新潮的，只能主動把舊機摔爛，才能心安理得迎接新機。我曾以為，這世界的許多事物都值得像傳統電鍋或是智障型手機那樣，除非心生厭棄，否則都可以用到變陪葬品。

我也曾想，每一種人事物創生的初衷，都是帶著一種永恆的期盼。

有一次壞電池準時在顯示剩餘百分之九十的電力就下班，同時切斷一個工作邀請的電話。實際上我沒有意願，應答得甚為不耐，但鄉愿如我著實不知道如何拒絕他人。此時爛電池爛手機精準地畫面一黑，挽救了我。我想如果對方再打來，就推說手機壞了。但結果到底沒打來，想來是知難而退。

壞電池到底是原本就設計壞了，還是被我用壞的，早已不想深究，畢竟在瞬間關機的時候，我抬起頭來，才看見今天的太陽。

跟女孩交往時，我常常買了她喜歡的布丁，偷偷溜進她的班上，放在她桌上並附一張紙條：記得吃早餐。下一節下課她就會到我班上，像一隻兔子一樣靠在窗臺上跳著，要我趕緊出來跟她聊天。

我曾猜想我們也許可以一直交往到大學，或之後更遙遠的事情。但有天我突然發現自己喜歡班上的男同學，跟女孩的相處越來越不對勁。一個同時教我和女孩班級的科任老師，上課時突然問我：你怎麼會認識一班的某某某？

同學低低地發出了起鬨聲，我轉頭看向男同學，不知情的他事不關己地抄寫筆記，我卻不知道為什麼羞愧又憤怒起來。

那天之後，每節下課鐘響完，我一個眨眼馬上轉身，躲進圖書館。女孩再也找不到我，但我知道她經常在窗臺前流連盼著。我多希望女孩能像一個狠心的手機使用者，提前躲在圖書館堵我，抓著我搧耳光，大聲責罵，用力摔碎這段毀滅不易的爛感情，心安理得地追求接下來的人生。

多年後，女孩丟我訊息時，我著實嚇了一跳，手機自動關機後我馬上找插座，充電開機。說完嗨之後，彼此的第二句話長得一模一樣：對不起。

「對不起。」我說，「剛剛手機壞了，突然關機了。」但我真正想說的是：其實壞的是我這個人。

「我一直找你，一定給了你很多壓力吧，對不起。」她說，我保持沉默。

「我已經知道你的狀況了。」她又說，「我了解的。」

我想像她此刻握在手上的手機，必然是被溫柔款待的。

夢境二／書包

青春期被大人安排的課表拉得很長，像是永遠會多出一格的補救教學。但同學早都長大了，打火機，香菸，化妝品，那些逾齡的時間被課表排除，下課時，同學之間背著大人交換的哀愁與快樂，上課就偷偷藏進書包，變成祕密。

大人是最禁不起祕密的。

我很早就懂得把「長大以後再說」的事情藏起來，轉存成文字，隱匿筆記之中。偶爾我會得到老師的稱讚，但他們都不知道這精心摘要，從來都不是為了自己的前程光明。

中學那幾年，我會寫好筆記，放進男孩的書包之中。其實我從來都沒有得到允准，只是自顧自掀開他的書包，放進筆記本，故作灑脫地說，欸筆記寫好了，你記得看。男孩沒有拒絕，沒有接受，靜靜看著我假裝大方但再扭捏不過的逃離現場。隔天我在抽屜裡發現筆記本，新增筆記幾頁，還夾了張便籤，寫著謝謝，那是男孩對我說的僅有的幾句話之一。字很少，很耐讀。謝謝。謝謝。

考前我日日把筆記本放進他書包，他日日趁下課放回我抽屜。有時在筆記之外，我偷渡了些非關學業的問候，直至探問心意的表態。但問句總沒得到回聲，筆記本和寫上謝謝的便條依舊返還在抽屜裡。那份禮貌，節制得像男孩的書包，乾淨，整齊，書和筆袋之外，找不到一張遺落的紙屑。

我把筆記本收回書包，渾然未覺母親夜夜翻開夾層窺看。一夜我在夢寐之間看見母親翻開書包，翻看我的筆記本，我從夢境裡乍然起身，她卻突然問起筆記本的字跡是誰？你是不是喜歡男生？種種迫問令我厭惡，一股怒氣破口而出：你怎麼可以翻我的書包！

兩人尷尬半天，我才想起，隱私，對，我也有我的隱私！

母親憤怒起來反擊，什麼隱私，你是我生的，你哪有隱私。這句話莫名令我憤怒。

爭吵後，母親不再追問，但暗地裡還是偷偷翻查我的書包和各種筆跡，我刻意夾住的發票、便籤莫名散落在書包的底層。但母親看到的文字不一定是現實發生的事情，有時只是我夢境的側記，其中一個是我看到男孩用小指頭勾著女孩的小指頭走進圖書館，窩在一角，兩人書攤在大腿上當裝飾，頻頻說著情話。我小心翼翼地假裝自己不經意經過，問男孩在看什麼書。男孩指指書櫃，有個書包，我打開一看就停不下來，自此被困在圖書館裡，不停地讀著書裡的故事，忘記男孩的存在。

我恍然看見在帆布隔層的裡外，我與男孩的分界，侵踏了那條界線的自己，也令我自己生厭。

而男孩只是站在我生命的外野，溫柔地寫著謝謝。

大考後，男孩交女朋友了。
我把書包丟了，不需要祕密了。

西邊的阿嬤

阿嬤住在靠近後陽臺的西房間，小學放學後，我和哥哥在家裡到處奔走玩耍，會繞到後陽臺，藉著下午的陽光打進房裡時，窺看阿嬤在做什麼。

其實阿嬤大半時間什麼也沒做，只是用一臺小收音機播放念佛的錄音帶，不然就是轉開廣播，聽著那些我從來都沒聽懂的閩南語廣告和聊天，邊笑邊鬧，逗得臉上撲著白粉的阿嬤單邊嘴角上揚起摺，難得地笑了。即便後來牽了有線電視，從老三臺的時代換成百餘臺的頻道，阿嬤從來都沒有離開她的西房間和收音機。我有記憶的時候，已經是她的晚年了，每每看著一個遲暮之年的她臥床，放任小錄音機嗤嗤擦擦地響著，花布床單上的她看起來很寂寞。

偶爾哥哥想跟阿嬤玩，從後陽臺叫阿嬤阿嬤，阿嬤穿著蕾絲滾邊衛生衣躺在床上，沒反應，幾次後遂拿起象棋從窗戶丟進。阿嬤最嚴厲的指責，就是壓著被擊中的頭杓，說，麥安捏好某。

阿嬤的桌上總是會放著一張觀世音菩薩的畫像，還有一串晶黃色的佛珠，她常常向佛像膜拜，想合十的雙掌總是有落差的錯開，左手顫顫巍巍，癟了的嘴吃力地喃喃自語。

她總在祈求什麼呢？我偶然逮到機會問：阿嬤，你跟觀世音說什麼願望？

「身體健康啊！」

幼稚園大班的我很吃力的用注音符號拼這句閩南語，ㄒㄧㄣ，ㄊㄟˋ，ㄍㄧㄢˇ，ㄎㄨㄥ，腦袋裡沒出現對應的字。拉拉像豆皮包著雞骨的阿嬤的手，問，這啥米意思？

小時候做錯事，父親會抓著藤條往哥哥和我身上猛抽。

大半都想不起來是什麼事情了，脫不開是偷父親放在冰箱上的零錢，還是兄弟因為一罐飲料吵架。哥哥閃躲著父親的藤條，母親肉身阻擋。阿嬤聞聲，終於從西房間出來，喊著：好啊啦，甭通擱打啊。護子心切的母親和口頭勸諭的阿嬤無疑火上添油，父親下手更狠，以現在眼光看是一場俗濫發噱的肥皂劇中，藤條揮舞幾個空檔，我看見阿嬤手腕上的晶黃色佛珠，像只為了緊緊繫住她衰老而細瘦的手，就用光了它自身所有神佛之力似的，那麼勉強。

有一天下午老師叫我收拾書包，說媽媽來接了。以為是終於要帶我去哪裡玩了，開心得隨意拾掇就出教室，結果母親騎著小綿羊機車，繞過大公園，來到舊家，只見叔叔姑姑等人圍著在廳堂裡，一張隨意鋪著的床上躺著阿嬤。

母親揪著我到床邊，跟阿嬤說，嬤，細漢孫仔來呷你看喔。

阿嬤沒有反應，看上去就像平時午後聽著收音機念佛睡覺，半閉的眼睛透出一條縫，好像在偷瞄著這些子孫打量著。其中一個姑姑不小心嗚咽出聲，被父親阻止，我還是沒有確認眼前是什麼事件正在發生。

還缺少一臺念佛機罷了，我這麼想。

有些事似乎已經發生，變成完成式。像我平日在後陽臺看著從水牆角的小洞中爬出的螞蟻，一隻一隻被我用食指輾斃，接續而來的螞蟻似乎毫無知覺前方發生的事件，只是對著同伴屍體稍稍猶豫，原地繞了兩三圈，繼續跟著原本路隊往前行走。

母親告知我接下來幾天不用上學，跟學校請了「ㄙㄤ假」，假期間我都住在舊家三合院。第一天看見幾臺卡車來來回回，載著鋼架、帆布，在稻埕架起雨棚。我看見其中卡車上面載著花圈和罐頭飲料塔，問哥哥那些汽水能不能喝，哥哥蹬蹬蹬跑去問父親，蹬蹬蹬回來，不行啦，白癡。那些是辦阿嬤「ㄙㄤ事」用的啦，阿嬤要走了啦！

走去哪？

去西邊啦！

阿嬤臨終，父母依習俗，把彌留之際的阿嬤載回舊家，壽材喪禮老早連繫好，等阿嬤在熟悉的故居嚥下最後一口氣，就送她上路。

傍晚我偷偷跑進工人搭起的喪禮雨棚裡，看著高處掛著一張又一張的圖畫，十八張畫著十八種殘酷刑罰，數不清的人就在裡頭歷經刀山油鍋，拔舌焙烙等刑罰，這幾幅圖畫並沒有告訴我受完這些刑罰之後會去哪裡，彷彿人們會在這十八張連環漫畫中不斷循環，從第一張到第十八張，接著又是第一張。

臨行的阿嬤要去這裡嗎？我將來也有一天要去這裡嗎？

隔天幾位披著華麗袈裟的師公來念經，我和哥哥躲在布幔後看著師公不知道念什麼鬼東西，哥哥就學著師公嗯嗯啊啊念了起來，旋律套進小雞雞和大小便的詞語，惹得我也發噱。在場大人看了兄弟倆嗤嗤笑著都尷尬起來，原是跪著的父親氣沖沖起身，腳麻踉蹌地走來，刮了哥哥和我兩個耳光後立刻喪氣癱坐。師公假裝沒聽見，只是配合著休止符敲了一下大缽，繼續念唱自己的歌。

晚餐後，我和哥哥認真地替阿嬤在小鐵盆裡燒起金紙橋。把金紙對摺，沿鐵盆一張搭著一張，讓火綿延，說是在替阿嬤鋪路，如果火滅了，橋斷了，阿嬤會在這茫茫無垠的接引之中失了方向。

喪禮漫長，數日間，助念師公師姐一念數個小時，有時大人跪，有時我跪，幾分鐘受不了倒地，父母要我再忍忍，幾秒鐘後我又倒地。去休睏啦，父親一句話，我立刻起身無事般跑去後頭吃湯麵鹹粥，回來不願跪就繼續搭金紙橋，摺歪歪扭扭的紙蓮花，偷聽大姑姑小姑姑和阿妗開始討論三合院該如何處置。彼時父親一家已經住在新家，姑姑們出嫁，住在三合院的叔叔經濟總有困難，常跟兄姐調頭寸，阿妗也向姑姑低訴衷曲。姑姑表情雖然安慰，卻像是酸著自己的弟弟，說阿妗眼光真好，嫁這種人。她們笑咪咪地說這些話，彷彿說著誰家的瓜熟了，誰家的爛了。直至出殯時，金紙銀紙，與我摺的歪歪扭扭的紙蓮花，以及阿嬤隨身的佛珠終於一起封棺，沉悶而漫長的日子就像金紙橋一樣循環地燒成灰燼。

那年我沒有過生日，但不知道為什麼，這件事情也被我遺忘了。只是想起棺木裡的阿嬤睡覺的模樣，假如用象棋丟丟看會不會醒來。

最後的夜裡，馬戲班子在稻埕外的空地架起舞臺，倒立雜耍，唱歌跳舞。阿嬤高齡仙逝，還請來脫衣舞女郎慶祝，穿著亮片水鑽衣，銀皮魚般蠕動身軀，高高開衩中踢出黑絲網襪包覆著的肥美的腿，接著瞬間脫開上衣又遮回去，老中青少男滯傻數秒，回過神問到底有沒有露啊，再一次啦！夜色混進霓虹乾冰，煙塵中看什麼都是幻覺。女郎不疾不徐抱著魚皮衣退場，雜耍少年再度登臺，還將硬幣一把一把往臺下撒，我們這群孩子可真是樂壞了，急著撿錢當零用。我手小，勉強撿了一小把，黑天裡一個絆腳，錢全部灑進草叢，怕黑又怕鬼的我只能隔天來找。

當晚喪禮的鐵架雨棚都速速撤去，只留幾個寫著大大的奠字的罐頭飲料塔還留在原地。姑姑說可以拿飲料來喝了，我興沖沖拔了罐葡萄汽水奔回房，蠻勁扯開易開罐拉環，汽水像手榴彈一樣炸得房間都是紫色斑點。

我沒有搖啊！它自己炸開了！堂哥堂姐急忙幫忙收拾房間，不聽我的辯解。我抱著歉意，喝著葡萄汽水時，每喝一口都有偷腥般的祕密甘甜。

隔天早上，我回來跌倒的地方撥開草叢一看，找不到半個十塊錢，只有幾顆碎石子和蝸牛屍體，直覺那些硬幣根本就是鬼錢。鬼錢就這樣融進地底，被阿嬤當盤纏帶去西邊了嗎？

阿嬤走後，房間多了一個，哥哥先是搬進了阿嬤的房間，住了一學期彼此交換房間，輪到我搬進去時，阿嬤的藤編櫃仍舊擺在房間一角。藤編櫃約兩百公分高，上半是半圓形的開放式空間，下半隔成了兩個抽屜，底下是門片式收納櫃。我拉開抽屜，看見許多阿嬤過世前穿蕾絲滾邊衛生衣，發出一股她身體如陳倉枕頭枕心的鬆軟味道。再打開底下的櫃層一看，有我小時候用的燈心紅小尿桶，一旁擺著幾包成人紙尿布，側仄邊一瓶明星花露水，一罐藍色扁鐵罐的百雀羚。

原來如此，晚年我再也沒有見她起身，無論是要我們不要調皮，或是擋下父親手中教訓人的藤條。多年後母親忽然提起，一次父親拿藤條抽你們，是因為你們拿象棋丟到阿嬤頭頂一小塊瘀青。

紙尿布、衛生衣、百雀羚、明星花露水、佛珠與佛像，阿嬤與時間對抗的最後道具。

小時候我偶爾會聽到母親的齟齬不快，直到聽得懂複雜的句子後，才理解母親會一邊煮飯一邊抱怨阿嬤家裡吃的多鹹多油，小時候頻頻落枕的我就被母親責怪，說謝家人都有高血壓、心臟病，青菜吃太少，肉吃太多。「血太濁」總是最恫嚇我的詞彙，在午後的老三臺看見賣藥廣告動畫描繪血管阻塞如淤積的河道，下一幕就是老伯老嫗雙手捧心蹙眉倒地，不省人事。你看你姑姑、叔叔、還有你從來沒見過的阿公，通通高血壓中風，送病院好幾次，抽菸喝酒擱愛吃肥肉，講嘛講未聽。工人父親退休前即開始長期到醫院領處方籤拿血壓藥，退休後日日走路去市場買菜，或是到附近國小操場走幾圈當運動，好不容易死的死走的走，把病弱的家族維持得和樂康泰，母親對此總有些自鳴得意。

母親所言不假，父親祖輩曾是地方望族，舊家三合院的稻埕以往可是風光熱鬧的，賭客食客雜沓而至。一次爬山，父親認出山間小路旁的一大塊地本是自家的，「賭博的時候沒錢了，隨口說出後山哪塊田幾甲幾甲拿來抵押，還不是全部輸光光。」是了，有錢人何必像電影演的那樣，身披羊毛長大衣，裝模作樣推著那些塑膠玩具籌碼說梭哈。

祖父輩家族中落，阿嬤拿出金子在自家稻埕上買了一坪的土地，而後被捷運局徵收，變成了捷運站。為了徵收金，父親幾次代表出席協調會，早已經搬離三合院的叔叔頻頻打電話來催什麼時候拿得到現金，而嫁出去的大姑姑小姑姑曖昧不願表示意見，讓父親主動向她們提起徵收金會均分。

那一坪小得可憐的錢。

還有一個關於阿嬤的軼事，是祖父當年賭博賭輸了，再也沒有辦法隨口說出哪一塊地拿來當賭注的時刻，居然抓著他的妻子說要賣掉換錢，繼續賭博，鬧得整個三合院不得安寧。正在照顧剛出生的哥哥的母親在邊廂房裡聽到這樣的消息，感到無甚意外。最後父親和著弟妹湊錢還賭債，結束鬧劇，不久之後，祖父過世了。

阿嬤過世後，我好奇地在西房間裡到處搜索她的遺物，從衣櫃夾層背板後搜出一張泛黃的照片，看見一個古人穿著汗衫，喜孜孜地站在稻埕中。母親說，那是你阿公，站的地方是阿嬤買的僅僅是一坪的地，面對不熟悉的照相機，露出微笑，拍照。

母親偶然談起我小時候偶爾會說出莫名其妙的話，除了被藤條抽時說「我要到立法院告你們虐待兒童」；因為太胖自卑，到親戚家烤肉時說「我已經開始吃素了」；還有一句是「以後我要到東京念大學」。

那一刻，我想起一次阿嬤抱著我看電視，電視裡的某某日本臺在每個小時前五分鐘都會播放日文五十音的卡通教學，我學得很快，而身後早已經學過這些的阿嬤，陪著我一起念。

時間縫隙中掉出，在我因年歲增長而追憶無法溯及既往時，攔住我繼續盲目論述的去路，並提醒我一些事情：阿嬤的身體很溫暖，像夕陽照進西房間，那裡有將被遺忘的日文、經文、電臺雜訊娑娑聲響，在無垠的時間之中，替早逝而未曾謀面的祖父，以及差點被賣掉的祖母，留下一枚黃昏色標籤。

千祖之墳

小學時，父親帶著我和哥哥去掃墓，溼寒的天氣裡父親開著他的小喜美，繞過不知道多少山路，也許只是短短的一段，但時間隨著山路蜿蜒，拉長等待，我在車子裡只問一句，還有多久，就頭暈得再也說不出話。直到下車時，我望見山上一個又一個的小丘隆起，各有一個圓形框住姓氏，父親帶著我們兄弟二人往上爬過，避開一個又一個的，埋在半地下的房子，不小心踩著人磁磚了還要雙手合十道歉。一路上我和哥哥不知道向多少屋主道歉，想著「再踩下去，如果這個社區有管委有警衛，也要來把我們架出去了吧」的此時，父親終於說，到了，這是你爺爺。先是哥哥雙腳跪地趕緊拜拜，我也有樣學樣地膜拜起來，啊，這是謝家的祖先啊，請保佑我們。

保佑什麼呢？孩子有什麼願望呢？

「你們是在拜三小！不是那個啦！」父親在旁邊喊著。我抬起頭，看見上頭的圈圈裡寫著「陳一」，五彩的壓墓紙鮮鮮地在墓頭上飄著，兄弟倆果然又訕訕道歉，對於這個未曾謀面的祖父的鄰居我們施以大禮，面對活著的親戚和師長，我們未曾有過這樣的禮節。

父親拿起小刀，把墓地附近草割一割，動作範圍卻出奇的小，直到草除完了，我才發現那是一個小小的甕，不是其它千家萬家的氣派地下室。我望著一旁的陳伯伯或陳嬸嬸住的房子看著，想到哥哥剛剛一邊道歉一邊喃喃念的幾句話：以後不會搞錯了，對不起啊，請原諒我。

想來祖先是不會保佑我了。

那是我第一次掃墓，也是最後一次。我們不會再有機會搞錯自己的祖父和隔壁陳氏的居址，因為父親那次，是把祖父的甕，移到北海岸的靈骨塔去供奉著的。

小時候對於認錯祖先是有點芥蒂的，我向朋友提起這件事情，朋友說：說不定陳伯伯陳嬸嬸是善良的人，還會暗笑你們兄弟倆怎麼這麼可愛。到底拜也拜了，跪也跪了，道歉也道歉了，就是再窮凶惡極的人也不會對這豆點大的事情瞥顧半分。

「你知道言靈嗎？ことだま。」朋友說，「こと」不只是語言，更精確的說是一種連續念唱的咒或歌，自然萬物都存藏著咒詞和精靈，詠唱出來使人悟道。後來巫師才用來詠唱，有時作為解釋災禍的原因，有時要拔除罪孽，更常用來祈禱國泰民安使用。到了現代版本的解釋，除了經常出現在動漫裡的咒語結印，就是變成了凡是說出口的語言，就有力量，至終變成長輩朋友之間告誡彼此話不要亂說的威嚇的想像。

事實上，比起我半路亂認親戚的恥感，更令我在意的是，那些在不同姓氏的丘墳上飄動的五色壓墓紙。

墓紙是粗製的薄色紙剪成長條，在掃完墓時將象徵屋瓦和錢財的墓紙壓在墓上，表示有後人來灑掃，而不是無嗣的葬崗。清明時節掃墓人潮湧上山頭，行走在丘墳與丘墳之間，看到壓了墓紙的墳就知道此墓掃過，最終尋尋覓覓才找到那個沒有墓紙的自己祖先的墳，趕將清掃起來，生怕別人以為此墓後嗣不肖，空留先祖屍骨長葬此地，無人探望。就這樣一個簡單的東西，把中國人對於活著的想像粗略又精準地說完了：錢、房、祖先、做給別人看的孝道，順便把人丟進社會框框裡。彩豔的墓紙倒不像是壓在墓上，卻是壓在活人身上。

小時候不知道墓紙的來由，對著陳家的墳拜了拜，心裡還惶惑著怎地墓頭上有鮮豔的色紙飄著。我眺眺遠方，人們鋤草、燒金，在煙霧和雨霧之中，行動變得非常緩慢，像是解析度極差的夢境。茫渺畫面中，我其實辨識不太清楚哪些是活人，哪些是靈魂——有的人下半身被雲霧蓋住，像旁觀者似的動也不動一旁看著，跟掃墓的人也毫無互動，五色壓墓紙有的是去年的早已褪色，有的是今年壓上去的，在視野裡的人與人的間隙有的鮮明有的失色地飄著。

現在想起來，覺得那是不知道多少時空交界之處。但幼時的我沒有感覺，只是聽著哥哥在一旁喃喃自語地拜著，要隔壁鄰居陳氏保佑——至於保佑什麼？求什麼？說不出來，不知道想要什麼，願望就變得無限大了起來。我也說了請祢保佑我們。

長大之後，經過廟宇，心裡偶爾會響起「進去拜一拜吧」的聲音。我不確定那是來自我內心的聲音，還是廟裡的神明正用一種以心傳心的方式要我去一趟。我走進廟裡，不喜歡像別的香客一樣總是幾十元的香油錢斟酌半天，阮囊羞澀似的在零錢包裡掏來掏去。我直接打開零錢包，把所有零錢倒空，拿起香，對著神像膜拜，什麼也不說，只說了謝謝，就從香客們說了一堆願望的擁擠中，側身離開。

謝謝，保佑我當年的意味不明的請託，任何存有，都是我看不見的靈的保佑。如果還能多求一件事情，就是讓我繼續記得說謝謝。

祖父的骨灰罈移到北海岸之後，我就再也沒去過那個地方祭拜了。賣靈骨塔的生命業者每年定期都會舉辦祭祀法會，法會內容且也依照當初買塔位的商品價格有所區別，價高做全套，價低大雜燴，人到往生還是帶著階級的，從封建時代至今從來就沒變過。一個福座從底層到高樓幾千個塔位許多人的祖先，統一管理，像一座沒有悲鳴哀傷的養老院，祖父不知道跟誰當了鄰居，或許他們會笑笑地說，當年有兩個傻小孩，拜錯了祖先。

揣想世界的進度

在成功嶺受訓的最後一天，站了最後一班的哨，半夜我被叫醒，換上制服，帶上警棍，站在樓梯口旁，五月的清晨天亮得不快不慢，只是滿布霧氣，在那樣黑白交替的時刻裡，看不清太多事情，大多都只有自己的獨白，星星、月亮、蟋蟀或螽斯，群鳥飛過，驚搖一片黑影，才知道遠端盡頭不是阻隔世界的山脈，只是一片高昂的樹欉。

人所能見的，總比自己想像的還要短近。

長官經過時，我從鳥獸蟲鳴裡抽身，試著從肩上的梅花或橫槓判斷階級，但總記不起來，到底每每和那些長官們共處一室，不是餐廳就是就寢前的互道晚安，我永遠看見的都是對面的役男一臉不情不願的喊著「中隊長晚安，隊上長官晚安，各位同學晚安，晚安」，就是臭著臉聞著一桌菜渣廚餘集中的食物混合的難聞氣味，聽著「長官」暴跳如雷地對著役男們發脾氣的聲音，像天邊的雷聲，遠處的車禍，像對著一群馬鈴薯指責著：你們一顆一顆怎麼長得都不一樣——自己發自己脾氣。

我還來不及想起兩條橫槓的階級，長官拍拍我肩膀，像是說著辛苦了那樣的輕聲安慰，我才想到要打招呼，卻只是說了長官好三個字，長官緩步而過。善良的分隊長從背後冒了出來，窮急緊張地說著欸他是副中隊長耶，你要說副中隊長好啊，你沒認出來，死定了啦。我看著眼前這個小孩子（是先來服役等退役再回大學的高中畢業生）的害怕模樣，突然覺得，他好認真地活在這個被樹叢黑影圍起來的，封閉的小地方。

這件事情並沒有讓我心存芥蒂，到底是最後一天，這十幾天當中，我不斷在訊息如掠過天際的飛鳥，經過我的視線，猜測圍籬以外的日子。

入伍當天起，役男們和年輕的分隊長們互為因果而緊張兮兮地跑流程，理髮、拍照、填表、領物，在許多口令喝止的場合裡，我不斷想著這一群年紀相仿，甚至比我還小的同學們，就像走進被監視著的房間，不知道那雙眼到底在哪裡看著你我彼此，把我們編排進同一中隊裡，將思想壓縮成罐頭，放在腦海裡一腳無法開封，而身體倒是真正成了人肉機器。集合整隊，帶隊，整隊，進餐廳或進大堂上課。

在那樣擠壓的時間軸上，每個刻度都像起滿礫礪的軌道，不平滑地讓列車加速行駛，轟隆隆而過。心裡記掛的是家裡正在照顧病重的大伯，當時的男友，幾本放在書架上的書，唯獨令人充滿拚勁的是替接下來的替代役別和服勤處所努力念書和整理內務，恍恍然在那樣情緒失衡的牢籠裡，感受到突如其來的呼喚：真真切切地，還有一些記掛的事情呀。

生命會因為環境，歪曲得剩下最簡單的想望。

於是所有人能發呆就發呆，瞌睡便瞌睡，吃飯時狼吞虎嚥，彷彿要吞下最低限度的滿足似的。我看著我的同梯的役男們餓得不像話，就停下筷子，把肉和主食都分盡了，自己吃點水果甜湯果腹，維持身體最低的機能過活。

有一天的餐廳裡，才在打飯，電視機突然開了，那個瞬間，所有人動作都停了下來，盯著許久不見的三原色混出來的繽紛世界、文字跑馬燈走著H7N9或H5N9的疫情。直到分隊長吼著，發什麼呆，看來你們是不想吃飯了是不是，大家才從文明世界的科技的震懾裡醒來，速速打飯，速速就定座，平時扒飯的人們此刻都拿電視新聞當菜，細嚼慢嚥著。進廣告時，郭雪芙和韋禮安代言茶飲廣告，倏然覺得自己像是流放異地多年的奴隸，收到家書，得知家鄉臺灣出了一款新的飲料。

父親母親那時在做什麼呢？身體每況愈下的大伯是不是又因為年老失禁，在家中玄關旁臨時搭起小空間裡尿滿了整個床鋪，引得父親一陣暴怒？愛喝飲料的當時的男友有沒有搶先一步去便利商店買來嘗鮮了？或許他早該離開我去找更好的發展了？臺北大街小巷裡的便利商店飲料櫃又該如何陳設？如何促銷？五月，梅雨季一年一年來得越來越晚，氣象專家該怎麼評論？水庫水位如今低在何處？在餐後役男們又因為動作太慢，菜渣集中音量太大，致使長官將電視關上代償懲罰，我望向窗外，陰天，有鳥飛過，我都不免覺得，或許那是我擔憂的事情的某一個徵兆。

然而大家吃得飯飽，尤其我的左右同學們，接收了我不要的肉排和飯菜，但沒接收到我在飯菜之外的思緒。下午上大堂課，一個個都昏聵欲睡。我瞥見隔壁的同學在筆記本上寫下中午的餐點內容，接著在手繪的月曆上，在當天的格子的正中間，畫上叉叉。我向他借來筆記本一讀，每天每天都只寫下了當天的食物和叉叉記號，其餘的課堂筆記、心裡雜念，什麼都沒有。

我問他：筆記本就寫這些東西嗎？不多寫一些？

日子都過去了，我也想不到要寫什麼。說完，他接下來的幾分鐘內，就開始打盹。

我記得他其實是個靜不太下來的人，大家說話時，總也要插一句嘴說：我知道我知道。要讓他講話的時候，卻又什麼都說不出來。夜裡有時大家打打鬧鬧，他總是那個張著性子的小孩——別人不理會他，他不舒服，別人要跟他玩，他不服輸。或是當長官在罵人的時候亂動，或是在底下喃喃著各種消極抵抗的話語：誰要在吃飯的時候看電視啊，要關就關啊。但其實方才他可是看得最真切的那一個，直到用餐時間結束，菜渣集中，他盤子裡的飯菜只吃了兩口，全都倒進了盆子裡。

看著他在自己手繪的月曆格上打叉，突然覺得，如果腦海裡不需要太多辭彙組織，也許也是一件好事。

後來我知道，禽流感造成幾例病例；大伯在我從成功嶺結訓時仍健在，父親又生氣過幾輪；茶飲也不是有新的口味，只是換了郭雪芙和韋禮安代言，刷新品牌形象。大伯後來在我自澄清湖專訓撥交至偏遠校區時過世；當時的男友變成前男友，再也不必我擔心了；禽流感幾株病原不斷推陳出新，H幾N幾，像排列組合的數列。生命就這樣一直往前了，像禽流感病株也得替未來打算，像一些生命在別的生命裡消失的那些時刻，世界在各種封閉的區塊裡，自成一格時區。那些我記掛的人，做了什麼事情，其實我一項也沒猜中，也不用猜似的，最後都於我無涉地變成天空中的一隻飛鳥，驚嚇著邊界的樹梢頂端，讓我恍然而知，外頭，還有一個世界。

天漸漸轉亮，清晨，樓下分隊的寢室不知道哪個役男跑出來，在集合場上拉起單槓，幾個人也追了出來，他慌張跑走。大家一例無事地集合，整隊，重新整隊，帶隊，整隊，進餐廳，吃早餐，那人那事，不知所終。

跳傘只一次

「死後比較容易，葬儀社辦一辦，燒一燒，什麼事情都了結了。」前往參加婚禮的路上，天氣陰涼涼的，似雨未雨，他突然對另外一位親人的過世，總結了紛亂雜沓的一生。

那天我陪父親赴宴，閩南人習俗「母舅坐大位」，長輩都不在了，剩下父親是譜系上最大的長輩，他雖一向低調、不與世爭也被請上主桌吃飯。我就被安排在主桌後的第二桌，近距離看著素昧平生的表哥結婚。婚禮中不意外地有記錄兩人相識交往點滴的影片，填塞空閒時間的生活照幻燈片，俗艷的婚禮主持人故意把裝畫醜了才顯得新娘子漂亮，拉開嗓門陪大家玩近年流行的婚禮小遊戲。我拿到刮刮卡，刮中玻璃鞋，上臺領獎時才近距離看到第一次見面的表嫂，以及第二次見面的表哥（是的，第一次就是剛進婚宴場地時表哥帶我們走到坐位的寒喧，他看到我就問，你是大哥嗎。我搖搖頭，我是老么。他說，那還真是完全不熟啊。是啊，真的是這樣）。我憑著玻璃鞋刮刮卡換得綠色的玫瑰糖花一枝，並聚攏一群八竿子才稍稍戳著邊的人和他們合照一張，在他們的生命裡留下一個剪影，生疏得不像血緣姻親，倒像路過的人衷心地給點祝賀。

我和他身上流著一部分相同的血，所以我在這裡舉杯，對他們點頭示意，事後我都要猜想他們要怎麼回憶陌生人如我出現在他們的婚禮紀錄之中。到底真是完全不熟的人。其實事前我連自己有個表哥要結婚也聽左了，聽成有個表姐要結婚；而也到那時我才知道我有個兩個姑姑，這是第二個姑姑。或許在他們哪天翻出錄影檔和照片檔一看，應該只會指著我說：噢，那是舅舅的二兒子。他誰啊？我也不太熟耶。這樣的對話。

血液若真是濃烈至有腐蝕性，至少都會把血緣關係的人和人之間挖出一道深厚的通道，才值得東方人堅信傳統和宗族這麼久，若不，血液通過之處只是一道鉛筆劃過的淺溝，橡皮一擦，我和這些人輕淺得就只有看不見的痕跡。

婚宴上坐在附近的都是同個家族的親戚、玩伴或同學。那年都市還沒興起，人還是插著土地長的，怎樣都出不了同一塊地方。恍然四十年過去，舊家變捷運，一大家族被拆成四個或五個一組，住進公寓各自活。斷了音訊似的四十年後突然有人問父親，你大哥呢，怎麼沒看見他？

父親淡定一語：回去了。圓桌上年屆六七十的長者聽明白，悄然安靜下來。

在那樣安靜的背後，有多少曲折幽微的心緒。

大伯和我們是沒有血緣關係的，是祖母幫傭照顧的孩子。他的生母原是風塵女子，和一個日本兵談了戀愛，民國政府來了，日本戰敗遣還，再依依不捨都要告別，只是日本兵沒想到告別的不只一個人，而是情人和情人肚裡的孩子，兩個。生母獨自一人生下孩子，又要接客賺生活費，把孩子請託給祖母照顧，第二天就跑得不見人影。

祖母那時也是剛嫁的少女，自己懷孕著，都還沒生下自己的孩子，就先蹦出個來路不明的兒子。但也是自己有了小孩，母性愈強，才將他一路腰飼到大。她自己不覺得奇怪，如果別人聽了可能會側目：長子不是親生的。

大伯戶歸有名，儘管是個養子；入了兵籍，服兵役時抽中傘兵，運輸機裡推推拉拉但被長官一推也不得不跳，但想不到這一跳就嚇成了重度憂鬱症，祖母和父親聞訊到底怎麼也不相信的，嚇傻的人還記得拉傘？還記得怎麼自己回到兵營裡？但驗退單上黃紙黑字顯顯地寫著精神異常，人好好一叢，但只是見著了誰都嚇得發抖。兄弟又分了家，無力照料只好送進療養院，每每祖母見著了他都十分心疼掉眼淚說咱來轉，咱來轉，到底轉去的都只是開著車的我的父親和祖母。

小時我對大伯的印象就停在這了，長程的車，偏荒的療養院，父親總問我們要不要下車走走，哥哥說不必，我也不好奇了，只是隔著車窗看著父親和大伯倚在欄杆上抽菸，聊著兄弟姐妹現在在做什麼，更新近況。父親一開始會招手要我們過去，跟大伯介紹哥哥和我：這是大漢ㄟ，這是細漢ㄟ，大伯夾著菸笑笑不說話，就像他聽到那些戶口上的兄弟姐妹的名字一定也疑惑，這些人都到哪裡去了呢？怎麼我都沒見過？

大姑二姑嫁出去了，到底是別人家媳婦，也少過問陌生的「哥哥」的近況，兄弟姐妹中還有一個么弟但卻是個養活自己都有困難的遊手好閒之輩。大伯住療養院後都由父親照料，其間發生過無數次療養院方打電話來說要漲價，或者告狀說大伯半夜吵鬧讓同寢室的人都睡不著。那年電話剛有來電顯示，母親特別會囑咐我看到幾號幾號開頭的電話不要接，有時我忘記了，一接起來，對方問著要找謝先生，這才想起不該接這通電話的急忙扯謊在睡覺，又說不在家，趕緊掛上電話，連自己都覺得自己好笑。

就那樣一次跳傘，他的身世就在高空中像雲一般散佚，摔落一個軀體，底下承接著的人，是我父親。

每年固定開長長的車去看幾次大伯，送上零用錢和幾條香菸，往復三十年過去。母親常說你們謝家是有心血管疾病病史的，公嬤不是心臟病就是中風過世。父親早早把菸戒了，大伯倒還抽，那是他唯一的自由。我入伍前，大伯終於病倒，彷彿連沒有血緣關係的他都繼承了謝家人的爛身體。療養院不願承擔風險，遂把大伯往馬偕送，我和母親只得接連幾天往醫院跑。心肌梗塞，但沒有急救也沒做心臟支架血液就自己找到出路似的莫名活了下來，醫生好驚怪像是發現什麼醫學奇蹟似的說，大伯的冠狀動脈已經淤塞到穿線都有困難的孔徑，膽固醇團團積在附近，血管倒是自己長出了分枝和囊腫，就像急著要拋棄母株另覓出路的植株，勉力讓自己活了下來。

怎麼會這樣呢？醫生喃喃自問。父親和母親都沉默。

生命真的會自己找到出路嗎？母親聽了也惶惑著。不想請看護的父親、母親和我三人輪流往醫院跑，照料大伯。直到醫生判斷大伯不需住院，療養院也不想再收這樣一個隨時在懸崖邊緣的人，療養院護士說大伯身體和心理狀況都不適合。「身心俱疲」，院方那頭是用這四個字形容大伯的，說完還苦笑了一下。我看著白髮蒼蒼的父親和忙到忘記化妝的母親，才知道，錯用成語當成幽默是多麼可惡的事情。

父親把大伯接回家裡住，用塑膠扇簾做了一個隔間就卡在客廳、飯廳和玄關的正中央，每次家裡有客人到訪，就只能把扇簾唰地一聲拉上。大伯在裡頭因著肺弱咳嗽，外頭客人要問誰在裡頭，父親總淡淡帶過，是生病的大哥。

父親一肩扛起這責任，也非心甘情願，現在家裡多了一個又遠又近的親人，著實攪亂了他的生活。有時大伯大小便失禁讓他一邊清理一邊雜念，有時只是夜半咳嗽，父親突然爆跳如雷地說大家都在睡覺可不可以不要吵了。我從門縫偷看大伯悛容低頭，便急忙安撫父親，沒啦聲音很小，沒吵到我，父親即使回房了仍可聽見他碎罵幾句，倒是大伯忍著嗽，抽噎著，在安靜的夜裡聽起來，特別孤單。

事後我和母親都少讓父親插手大伯照料事了，到底家裡每個人都怕衝突和怨懟。一次母親的姐妹到訪，談笑間竄出變變餿味，我和母親不多說馬上跑進扇簾裡清理，父親看到了，因著客人在，一肚子怨火自個生滅。

大伯臉上總是歉意，但也說不出半句話，只得讓我們這樣翻來翻去擦拭身體。我替他抹去排泄物，拿著擦過穢物的布到浴室洗淨，點上線香，室內檀木味立刻溢滿，掩蓋各種不堪。

那混著膽汁排遺的土黃色液體隨著清水順洗而下，氣味與顏色漸次消淡，大伯的智商或思考能力早已經退化得跟個嬰兒無異，而外表還是成人的。我聽著父親在我洗抹布的廁所門外踱步，氣惱地低語，不知道他對大伯還寄予什麼社會化的成人期望嗎？還是他對自己和大伯都盡失耐心，替種種無力消極地怨懟。

入伍前父親母親要我好好照料自己，家裡的事情別擔心，好好去當個大人吧。進成功嶺期間大伯幾次又送去急診室，母親一生精明，事事都為家裡盤算，早早拿好了放棄急救同意書，簽或不簽之間與父親斡旋。到底父親還是簽了，可她沒算到大伯往往返返，鬼門關前幾進幾出，都沒有讓母親繼續盤算下一步計畫。

我從成功嶺輾轉去了澄清湖的教育替代役專訓，結束後，分發的學校主任從苗栗教育處接我到校，打電話過去時，父親嚇了一跳，以為在外地當兵的我出了什麼事情。

後來我才知道，我在前往學校的路上，大伯也在前往醫院的救護車上，他躺在救護車上，沒有牙齒地呻吟著隨即昏迷，到醫院以前已無生命跡象。放棄急救的同意書拖了大半年才發生效力，母親終於鬆一口氣。

放假時我一進家門，看到原本用塑膠扇簾隔間起來的地方突然空了，只剩天花板上釘著的簾子軌道。我看見父親放鬆地看著電視，臉上沒有笑意，不過線條柔和許多。多重器官衰竭，母親說，不能運作的器官和器官就像一排的十人十一腳團體跑步，一個人跌倒，就扯倒所有人，更何況是好幾個人跌倒，這場生存比賽輸得一點掙扎都沒有。

一群器官跑不動了，不想跑了，扯著大伯原始的生之趨能，拉倒他僅存的一點點的意志力，那是什麼呢？從離地一千兩百呎的高度往運輸機外一跳，讓他遺忘一切，只剩肉身的他，是不是還有什麼未了的願望？

他夾著香菸，倚在欄杆上，低低笑著，誰都認不出來。煙灰掉落在他穿著藍白拖的旁邊，馬上又被風帶走。

大伯的喪葬費全由葬儀社吸收，父親說，公立葬儀社從父親那頭聽了大伯的身世後，也悄然不語，將大伯順手火化，留一則關於活著的故事在他們心中，其餘皆燒成灰燼。

大伯過世後的第一個過年前，退休的父親拿著勞退買了迎春花、紅燭、香灰，打掃著供桌。他突然喚我，要我拿著小楷毛筆出來，遞給我那塊我從來都只見過正面的神主牌位，翻到背面，我才看到背後原來是一串我未曾謀面的祖先的姓名，而我身上流著他們或多或少的血。父親要我在一串名字的下一個序位寫下大伯的名字，生卒年月日，並註記：養子。

我記得大伯過世的那天，五月二十七日，我第一天因替代役身分撥交到苗栗山中的美麗校園。

我問父親為什麼是我寫，不是他寫，他說，你是家中唯一的讀書人。那時我聽不懂這句話的弦外音，參加婚禮時，宴場上我聽到那些年紀一個比一個大的長者聊著我從來沒聽過的名字、已故的親友和兒時玩伴，以及長輩們問起大伯時，父親只是低低說著，回去了。

我突然了解那塊神主牌位一串名字的意思。

在那塊長得像家的牌位後頭，是一片一片疊上去的木板紙片，記載著有許多人的名字，若沒有文字，這些名字都將隨著烈焰灰飛煙滅。大伯的姓名，一百零二年五月廿七過世，養子。這是詩的其中一句，只有生者才了解的，我寫下，毛筆墨水在木頭紋路上暈開，有了痕跡。

是的，再紛亂雜沓，都只是生前的事情了。

夢境三／無人知曉的成年禮

屋子裡瀰漫酒蒸氣味，電鍋電閥霎然跳起。電鍋旁久候的母親早已準備好鐵夾和抹布，即刻掀開鍋蓋，端出內鍋，放到客廳桌上，身體擋在我與電視之間，說：來呷豬心。

我百般不願意地望著電鍋中，那一整顆毫不修飾，帶著完整大動脈、靜脈，肌肉紋理清晰可見，教具般地能供人指出哪裡是心房、哪裡是心室的，豬心，誠實無比般地躺臥在鍋中，一旁只有切片的粉光蔘和酒水浮沫，就這樣理直氣壯地和我對視。

緊呷啊，呷完轉大人。

母親每每都要不停重述自己去漢藥房買粉光蔘一包幾千塊多貴多貴，去菜市場搶在麵店老闆之前向肉販買到完整的豬心有多難多難。從姐妹和中藥房老闆打聽來的意見綜合而成的這道治療體虛兼轉大人的料理，從小學到國中，我每個月都得吃一鍋。沒加任何調味料的粉光蔘燉豬心，母親最多會倒一碟醬油膏佐蘸，最低限度是得把豬心整顆吃掉。

那是我吃過，善於料理母親的菜色中，最難吃的一道。

父親似乎不太管我轉不轉大人的事情，我啃咬豬心時，父親正好都不在家中；母親半夜翻看我的書包時，父親正因為白天長時間勞動，肌肉緊縮，躺在自己床上哼哼唧唧難以入眠。唯有一次，他偕同母親鬼鬼祟祟地來我房裡，似笑非笑地問我，你會不會打手槍？要不要給你看一些色色的東西？這兩句話引燃我憤怒的火藥，瞬間把他們炸出房外。父親自覺沒趣走掉，再也沒問過我轉大人之類事情。

事後想想，他們或許已經是非常開明的父母，只是在我身上並不適用似的。母親老早就知道了關於我的性向事實，卻拉著父親來演一場意在言外的戲。

在多年前，映像管電視還在這世界上的某天，剛升上國中哥哥變了一個魔術給我看。

他伸手摸到電視機殼後，一個火柴盒般大小的小錫盒，將上頭的開關一推，打開電視，轉到某一臺。原本總是跳著花花粒子，永世發出嗤嗤噪音的邊緣頻道，突然接通了來自異世界的訊號，有了模糊的畫面和聲音。畫面裡，日本女子面對鏡頭，笑盈盈地對著鏡頭外的聲音日語對話。一隻手伸進鏡頭來，把緊繃得幾近爆裂的學生服胸前扣子解開，波濤就洩洪似的從衣服中湧出來，女子害羞地用手遮住帶著笑意的嘴唇，接下來的節目完全沒有對話。

彷彿正片從此刻開始一般，讓哥哥目不轉睛地盯著看。

畫面一角的R標誌，一道彩虹從R字母那伸出性感的腳般地末筆劃出。

畫面中央攝影機以底部攀向上放的仰望角度，看著女優垂下來的水滴胸脯不停搖晃。哥哥原本屁孩般取笑著女優的胸部和乳暈，漸地那些玩笑話隨著時間軸過去也消失。本來想向哥哥抱怨這節目有點無聊，但鏡頭一轉，切到從身後抱著女優的精瘦男優的身體，到口邊的話語，很快就收了回去。

哥哥和我，看著同樣的彩虹頻道，想著不一樣的事情。

我偶爾會發現哥哥偷偷切換電視機後的開關，把電視聲音調零，調撥頻道，到彩虹的國度，盯著各種彩色螢光投射的他的側影，非常專心而安靜。偶爾是我一個人在家，偷偷切換錫盒上的開關，每每摸到切換器那小小黑黑的突起，心裡一陣刺激快慰，扳動開關，世界顛倒，沒有人知道我在其中凝視的身體，總是在畫面的邊邊角角，追尋順閃即逝，那僅僅出現數秒的男性身體，人魚一般地奮力地擺動著。直到母親下工或哥哥下課返家前，我趕緊扳回開關，世界又倒轉回原本一派無事的模樣，吃飯，洗澡，讀書，睡覺。

開始對他人產生興趣，覺著某個人該屬於自己，如同自己屬於某個人，我才模模糊糊地在撥接的網路裡搜尋關鍵字，而網路的漏篩將我過濾至邊緣的容器裡。本以為這該是一個人口稀少的世界，直到加入網路家族和聊天室，看見網友分享的男體照片和像素模糊的影片剪輯，網路上的群聚像一個又一個小小的村落，從此地認識的到他處又遇見了，觸鬚般交換彼此訊息後遠走，路徑連接成一座巨大的領域，住了許多居民。我愕然見到這樣的世界，平日生活中或然率為零的相遇，或許我都錯過某個朋友、同學、路人，其頻頻對我釋放訊號的手勢、飾品、問候，或是「一起打球吧」這樣聽起來平常不過但其實是我被現世殖民至無法辨認其中關竅的話語。

世界的鏡頭驀地轉了一個視角，把邊邊角角，僅僅數秒的畫面延長，有了主角，對話，動作，故事。

久候數年，我的正片此刻方才開始。

我也開始在線上遊戲中沉溺於彼此互稱老公的愛情遊戲裡，互贈遊戲道具、金幣、組團共享經驗值，或是用連點程式掛網練戰技的經驗值時，一邊聊著曖昧著的女孩的溫柔，或苦戀著的男孩的疏離，一邊互相餵食小小的醋意，假意轉身離去，幾天後又寫信和好。有時我難以區辨究竟何者是真實的愛戀——當我刻意替女孩收拾一抽屜的垃圾，討好般地放進她愛的零食；或是日日替男孩寫下課業筆記，騙不了誰實則只矇得過自己的情意暗渡。那埋設好所有故事軸線，預定眾人的臺詞的背著書包的我，恐怕才是最入戲的主角，下了戲，卸了妝，只想依偎在陌生人給予的井河無涉的，最陌生的溫柔。

於是當不識相的父親和假裝不知情的母親走進房間，訕訕地問會不會打手槍啊？當他們被我請出房門外時，那份憤怒，在再也不發育的多年後，我還常常夢見。夢境是在學校的廁所，我與男孩一起對著小便斗小解，正當我在戀愛般繾綣綿長得近乎一世紀的小便過程中，父親母親莫名地闖入，砸破窗戶和小便斗，自加臺詞地問著：長毛了沒？會不會打手槍？並以各種形式（包括跪求、哭訴、情緒勒索、強餵，甚至以烙刑刑求）逼著我吃下那顆豬心。夢中我氣惱而聲嘶力竭地指責他們怎麼可以這麼殘忍，怎麼能？豬隻、我、男孩，都是無辜的受害者。但就算再我嚴厲指控，夢的結局總是我吃下豬心後，對著學校裡的蹲式馬桶拚命摳挖喉嚨懸蕹垂卻什麼也吐不出來，因而難過得甦醒，此時，只有橫溢滿臉的口水，與塞在嘴邊的，枕頭的一角。

當我看著家族網友分享著那些男性的身體，感到快慰，其後漂浮於虛空之中時，每每覺得青春期如此艱難，只得偷偷把開關扳到我想要的頻道，在眾多鏡頭的邊邊角角裡，自備攝影器材，避開場外工作人員的眾人目光，拍攝自己想要的畫面，進行一場無人知曉的成年禮。

明明是同一個時空呀，我總疑惑地這樣想著。

我的蟻人父親

父親是喜歡小東西的；父親曾是三十年的版模工人；父親也曾好賭成性但至終為了家庭收手；父親退休了；父親是知道我的同志身分的。

父親是沉默的。

二〇〇五年，臺灣加入國際反恐同日的聯合遊行，同志活動未艾方興，媒體卻像篩子般過濾消息，一切就像一顆即溶顆粒無色無味消失在每個家庭電視裡。當晚我從大學宿舍返家，放下行李就到廚房幫忙準備晚餐。鍋鏟鋃鐺，鑊氣騰騰。母親在一旁洗菜，問了一句：有女朋友嗎？

母親是知道的。

許多人家裡都有一個善於推理的母親吧，任何日記、書信往復都是證據，甚至光憑口頭一句：有女朋友嗎？就把當時國中的我給嚇傻了。儘管我推託別詞，問題就盤在她的心裡多年——在陪她上市場入廚房的好兒子，與遭異樣眼光的同志兒子兩者之間推拉。時間一久，大家心知肚明，只是她總還有那麼一點期望：拜託，告訴我你還會交女朋友；或者乾脆掀開底牌，讓她一次死心也好。

那天，我選了後者。

水聲仍在繼續，菜葉在母親手上折斷，一次次發出清脆聲。我還來不及盤算萬一，她就先開口：「我以為你一輩子都不會說了。」

因為這句話，幾日後我邀了當時男友來家中吃飯。母親和他相談甚歡，儘管聊的都是股票基金，不過對於未來的規劃，母親是滿意他的。

送走男友後，不知情的父親從工地回來，睡前我聽見他在房裡說了一句：「啊，錯過了啊。」

我與父親的距離，一直是這樣的。

我和父親鮮少交談，印象中的他總是在我的生命中缺席。升上高中第一年，納莉颱風侵臺，所有公車被泥水一泡全成了廢鐵。復課後，父親載我上學，這一載，高中三年我就成了有父親接送的小孩。

那時因著青春，我學著打扮，有時身上是香水味，有時是髮蠟果香。我遺傳了父親的鼻炎，兩人早晨起床都聞不太到味道，遂以為這些脹滿車子裡的氣味終將成為父子以外的祕密。閉口不語的兩人直至我下了車，父親才說：太香了，小心被教官盯上。

我應允一聲，關上車門往校門走去。

小學時經常羨慕有爸爸接送的同學，車子到了校門口，同學打開車門，回頭對著駕駛座上的爸爸說說話，再開心進了學校。我常想像，在那樣密閉的空間裡，小孩子會和自己的爸爸偷偷說什麼？會不會是討親、討抱，說說我愛你。而關上車門後的爸爸，握著方向盤，該是帶著愉悅心情開往這一天的大道吧。

小心被教官盯上。

車程中，眼神在後照鏡裡無意間和父親交會，兩人很有默契地閃躲，頭望向車窗外，偷偷再把視線拉回後照鏡，看著父親眉毛末端越來越長，越來越白，夢境般恍然間就到了學校。校門口同學彼此相伴有說有笑，我就成了其中一個異類。

是該自己上學的年紀了。

背後的父親打著方向盤，車子回拐，彎上高速公路，往城市邊緣駛去。這個城市似乎是因著父親的腳步而擴大的。

一九八〇年代房市熱潮，房價飆漲，城裡人往城邊移動，搜尋更適居住地點。當時父親娶妻生子還沒個穩定工作，家中老母又愛邀約親友到三合院裡賭博，麻將、骰子、四色牌，想得到的賭具一樣不缺，就連路邊臨時來了香腸攤車，眾人也會一窩蜂跑出來插花外賭十八啦。母親一氣之下翻倒家中所有櫃櫥桌椅，將仍是嬰兒的我藏在衣服堆中就離家出走。

三合院裡賭得昏天黑地，父親賭累了起身小解，走到房間看見散落一地的物品還以為遭了竊，仔細一看，妻子皆不見人影。怎麼回事？

小孩時機算得忒巧，轟然一哭，所有人都在滿桌子命運交織的數術裡醒來，父親循聲找人，抱西瓜般將我抱起。那時他頂著爆炸頭，手中抱著嬰兒的樣子，就像Disco舞廳外浪蕩少年在門口撿到了個嬰兒，不得不當起了大人。但故做鎮定模樣任憑一個垂髫小兒都看得出他慌了手腳發出各種逗弄牲畜的聲音，嘖嘖嘖、啾啾啾。

父親到丈人家把妻子求回來，代價是戒賭、戒菸和戒酒，還用了點積蓄在別處置辦新房。正愁著接下來的貸款光憑夫妻倆薪水負擔不起，某日就搭了建案潮，成了版模工人。

似乎定下心，父親方能被稱做父親，先前都還只是個空軍少爺兵退伍的浪蕩公子哥。

房子搭起鋼筋後，灌水泥之前，得先按設計圖來釘版模，才能讓混土定型。公子哥成了父親，剃了爆炸頭，也天天帶著一身土木髒汙返家。

小學到高中，每天聽到父親灰撲撲地回到家中，吆喝問小孩吃飯沒、功課寫完沒、什麼時候考試，然後被母親吆喝著：去洗澡啦！小孩子自己都做好了！父親訕訕進了浴室，把沾滿木屑灰塵的衣服丟進浴缸用腳洗踏，再用洗衣機洗，再將洗衣機中的塵屑沖掉，才能洗我的制服。有時夜裡他腳步蹬蹬蹬在家裡轉悠，到冰箱找水果、到客廳看電視、走到我房門外看著看書的我。我轉頭看他一眼，他也看我一眼，照例若沒重要的事情就彼此閃躲。

我們之間有一條令人尷尬又切不開的臍帶。

大學暑假前我準備搬回家住，請父親幫忙到宿舍載行李。衣鞋課本，零碎雜物，父親提起一袋叮叮咚咚瓶子撞擊，溢出各種洗髮造型香水的香味，瞥了一眼袋子裡的東西，沒多說什麼。

父親從大學城中開車出來，突然說：你學校這幾棟也是我釘的版模。

這些日日進出的大樓，原來都是父親一版一釘，架構出來遮風避雨的世界。從城的邊緣往中心，他沿路指著建築說：這棟也是、那棟也是。這樣一指就在風景裡畫出城市的線稿，一幢幢建築灌了漿，在輪廓裡填上顏色，都市在他手中變成一座以同心圓無限擴張、巨大的城。

他指著二十多層的大廈說：我蓋這棟的時候，你小學剛畢業。

小學畢業那天，所有畢業生別著胸花參加典禮。愛哭的我想著：我應該驪歌唱到一半就會哭出來吧。但我到底沒哭，直至走到禮堂外，看到大家紛紛被父母領走，眼淚才掉下來。答應我會參加典禮的父母親在哪裡呢？那些該在禮堂二樓熱烈關注的眼神應該要像聚光燈照著我。如果沒有被照亮，人生就會有一個斷層永遠被埋沒。

我拿鑰匙開門回家，換下制服丟進洗衣籃，關在房裡昏沉睡去。

那天父親從工地回來，一定看到了寫著「畢業生」三個字的胸花吧。

時光會輪迴，以一種看不見的形式重新安排父母子女間的關係。當父親工作時，我安心念書；當他退休時，我忙於工作，在他豢養的家中宇宙頻頻缺席。

早晨起床梳洗，對著鏡子開始打理儀容。用收斂水在臉上拍打，擦上防晒乳，有時氣色不佳得用潤色的隔離霜，或用眉筆補上眉毛，用面紙推勻，戴上隱形眼鏡，用髮蠟整理頭髮，還香水，在衣櫃前三挑四揀，出門上班。

多年前母親一開始嫌我花太多時間準備，但那句「我以為你一輩子都不會說了」像手術刀，切開我與她之間原本緊張尷尬的瘤，此後變得姐妹一樣，有時互換保養心得，有時光明正大到我房裡拿香水去用，有時她會像少女般跟我評論某個男星如何如何，還問是不是我的菜。

當我拍打收斂水，發出可笑的啪搭啪搭聲音，父親也已起床，替滿陽臺的香草植物澆水、撚香拜拜、燒了開水泡好芝麻糊當早餐，安靜走到我房門口，看著我在鏡子前擠眉弄眼，做一些他一輩子都不會理解為什麼的事情。

他小聲地敲敲門，我轉過頭，「冰箱有水果帶去公司吃」。

小時候，清晨六點多，父親聽到鬧鐘起床，穿上舊衣服，在滿陽臺破破爛爛的長筒襪中拿一雙堪穿的，坐到我房門口的臺階穿起襪子。他的身子都還沒睡醒，緩緩地像是抗拒著上班卻又不得不把襪子套上，以防工作中任一個長釘會穿過鞋底但至少還有襪子——不是能擋釘子，而是能吸掉傷口流出來的血。眼神迷濛中，我看著父親的背影，不能理解他那時的心情是什麼。

現在，換他看著我的背影了。

出門前，我到陽臺看著那些當年我種成興趣的香草植物，被退休的父親分株，扦插，不斷蔓延開來，一盆薄荷養成了一整排的薄荷叢；九層塔和迷迭香從草本種成了木本的小樹一株；多肉的左手香挺著豐饒的枝葉亭亭如蓋。我每帶回一株香草植物，就放在陽臺，附上一張小紙條寫下習性和用途：百里香，喜乾燥，搭海鮮；甜菊，日照充足，可替代砂糖，適合你用；芸香，耐旱，防蟲。

留下紙條的隔天，就會看到植物從花市的廉價塑膠盆移到了大花盆中。培土、石子、砂土怎麼混的，只有父親知道，分株扦插的方式也不知道他從哪邊學來的，他也許到圖書館翻書，也許上網搜尋資料，我只確定那些紙條必然是被父親好好閱讀，就像情書一般，留在了他的抽屜裡。父親還在陽臺上編了一整片塑膠藤編底墊，那是趁著手工編織流行，自己戴著老花眼鏡，一邊看HBO，一邊編織巨大的網，承載著那些香草植物們。

他遠比我想像的還擅長於這些細小的手工活。

芸香種了一年，家中再也沒見過蚊子。下班後母親轉述父親在某個夜裡曾說：都用不到電蚊拍了。

「你和你爸的感情比較好，就算沒說什麼話。」母親吃味地說。

有時我更覺得自己像父親的女兒。

進房間時，枕頭棉被被父親重整理了一遍，衣服被他掛上衣架，垃圾桶裡的垃圾被清空，那原是有著日拋眼鏡盒、保養品外包裝、推開眉筆暈成黑黑的面紙。面對這些垃圾，他再也不說「太香了，小心被盯上」這樣的話，只是不動聲色地把一個他不甚理解的房間，還原成一個乾淨而有秩序的宇宙。

父親是沉默的。

他從城市中心離開，到了邊緣，又走回城市，回到家裡。就像他在我的生命裡出現，遠離，現在又回來了。儘管我們已經遺忘了怎麼口頭交談，但就像螞蟻一樣，在彼此留下的線索裡接頭，交換訊息，確認彼此存在。

最近拜訪親友時，年近三十的我總會被問到結婚生子之事。正當我啞然不知做何回應時，父親就會用一種吊兒郎當的口氣，擋掉我不知道該怎麼替父親轉圜的社會眼光：「他啊，只喜歡自由自在的過，誰跟他在一起誰倒楣。」

父親自己很懂得怎麼用浪蕩公子哥的態度，滑膩地在各種壓力下閃身而過。

電影《蟻人》中，男主角的女兒遭挾持，他穿起蟻人裝束，縮成米粒大小，在女兒臥房裡和壞人拚鬥。兩人站上行駛中的火車，神力般抓起車廂互砸，以雷射死光互相射擊，驚險宛如西部牛仔片的場面；鏡頭一拉遠，女兒站在門口疑惑不解地看著玩具軌道上一道道像是LED的光彼此閃爍，突然一個東西飛到窗檯上——父親沒事吧——原來，只是一節湯瑪士小火車的車廂。

版模、植物、垃圾、衣物、保養品，從城市到我房裡潛移默化的宇宙，都是父親和世界拚鬥的過程。

我突然理解多年前那句「啊，錯過了啊」的意思，父親始終與我保持一種親暱的距離感——他背著巨大的包袱，放任我在他構築好的領域外探索，但最終回首，動動觸鬚，還是找得到那條，只有我和他才嗅得到的隱形軌道。

包餃子

相對於近年流行皮厚餡多，吃起來總覺得豐潤得不知是包子還是餃子，我仍偏愛菜市場餃子。

叫它菜市場餃子，是因為在只有在傳統市場裡，搜尋製麵店或是包餛飩的攤販才會販賣的水餃。它沒有彈牙的外皮，菜肉餡料一切就散，沒有電視節目要的漂亮討喜斷面秀。它只是利用高麗菜葉、豬絞肉混搭出爽口感，加上薑蒜泥和胡椒粉提味，包在幾可透光的製麵廠水餃皮中。煮水餃時，只能再點一次冷水，水餃浮起的瞬間就要用大漏勺一口氣撈起，不能稍有時間差，漏網多煮個十秒的那顆，必定肚破腸流。

水餃在起鍋時得灑上很多香油預防沾黏，薄薄的皮下可見灰白肉餡中透出菜葉青綠，油亮光線透著小碎花，像瓷玉小錦囊，幼時的我還想著如果有個以我為名的博物館，就要放一盤菜市場餃子入展品櫃，打上燈光供人觀賞。

這樣的水餃就出自距自家公車車程兩站外的市場裡，五百萬彩虹大陽傘下，身穿沾滿麵粉圍裙的小販用鐵湯匙挖起餡料，往水餃皮中央一刮，像打排球的手勢將雙手拇指併攏，將水餃皮邊緣壓合，放進劃分出二十格的長方形透明塑膠盒中。小販會用紗布束口袋包著麵粉做成的手粉袋子，在塑膠盒中一拍、一抖，整個盒子就下滿白雪，餃子再肥滿，都服貼填滿自己的小房間安寐。返家取出水餃，就像寧靜的新生兒室抱出二十個乖順的嬰孩，身上還會帶了因為包裝槽底避免沾黏的縱橫突起而印就的格紋胎記。

我常著迷於各行業隨手不離身的袋狀小工具，餃子小販俐落地甩拍手粉袋子，或是裁縫師用美麗布料做成球形針插，將大頭針從布料上抽回，插進針插，細膩動作瞬間，都讓我對其行雲流水般的姿態深戀不已。手粉袋魔術總成功哄騙觀者如我，被瞬間雪花飛揚吸引，多買了幾盒水餃。以致每每口中咀嚼出小販的心機的當下，挑三揀四地想著：餡料可以再多些，太老的菜葉可以拿掉多一些。

自己包餃子不盡然是好選擇，想在晚上吃餃子，早上就得開始準備。印象中，母親會一早去市場挑選豬前腿肉和五花肉混合，請肉販絞碎，摻入薑泥、米酒、蔥屑、醬油，胡椒五香粉除腥調味。再將買來的兩大顆高麗菜用刀剁成碎丁，和肉泥攪拌均勻，冷藏半天，才能用製麵廠做好的餃子皮包覆。小時候如果提出自己包水餃的要求，母親通常會皺眉盤算一會，像是重組腦中的時間硬碟後，才說，那你要幫忙包喔。

最耗力費工的是剁高麗菜，得將菜球剖半，再開成四，切成細絲，橫剁成丁，最後取雙刀上上下下揮舞。電影《食神》正紅，看到母親剁菜，哥哥總會要我附耳過來說一句：雙刀火雞姐在剁青菜啦！嘻嘻鬧鬧的兄弟包小船、星星、三角飯糰水餃，玩票性質的幫忙，膩了就收手不幹，留母親一人繼續用麵粉絞肉捏陶，最後收拾一桌手粉菜屑。通常這天吃完水餃，隔天晚餐就會出現高麗菜丁炒肉末，或是漂著大量高麗菜屑的煮泡麵。再討喜如高麗菜，見多總要厭棄。

二十多年後的火雞姐現在還包水餃嗎？取出手機發訊息，明問水餃食譜，暗向母親點菜。母親回覆「高麗菜一定要用刀切不可以用調理機切得太碎太爛吃起來沒口感」，一串文字得自己句讀，我追問手機鍵盤沒有標點符號嗎，她回「語音輸入用講的打字太慢啦」，科技原始人如我連手機可以對著話孔自語喃喃就完成輸入都不曉得，動動指頭打字到一半她又回覆「我包給你吃什麼時候回來」，果真中計。

回到家中等水餃起鍋，滿滿一盤二十餘粒、灑滿香油、光潔的餃子，彷彿回到小時候看著母親沾得滿手麵粉和菜屑的時光。餐後坐在自己睡過二十多年的床上瞌睡，想起「剛吃飽就躺平會變成牛喔」，這句話，是小時候花十元在雜貨店買的盜版小叮噹，大雄對阿福（小夫）說的俗諺，還用物體變換槍把阿福變成了牛；漫畫外的我剛吃飽就如是躺著看漫畫哈哈大笑，身體鬆散得像是咬開的母親包的水餃。

想要癱軟無事的日子，如以往念書當伸手牌，久了，想像生活該有別的樣貌，索性搬離家中。等到自己被生活包覆，困惑與疲倦在數個時刻席捲而來——套上手套，抓著科學海綿的手伸進馬桶刷洗的時候；晾好的衣物收進，山一般堆積在房裡的時候；單據表單還沒繳費還沒填寫，語氣善良親切的客服頻發討債催繳簡訊叮叮聲響令人煩躁；一下子突然纏綿病榻月餘，連替盆栽澆水的力氣也無——這些時刻，我常在意識中跟母親對話：這麼多事情，累了煩了，妳是怎麼繼續下去的呢？

外公外婆很早就去世了，母親一出生就跟著大哥務農，起灶火，煮午飯，下午。僅是小學畢業的她長大後到塑膠工廠工作，或許是受主管賞識，或許是生得漂亮，職務從一般女工變成主管祕書。她得負責幫主管抄寫文件，遞送信件，面對半點不相識的字海，只能頻查字典，頻練寫字。嫁與父親後，她擔起長媳之責，到工廠釘壓排線賺外快，傍晚回家速速烹調晚飯，留下一桌子飯菜要孩子們先吃。隨意沐浴後一邊拿毛巾拭髮，一邊用腳拖曳抹布抹地板，一邊管教小孩功課。發現自己大兒子不太會念書，惶惑將來沒著落；小兒子喜歡男生，心裡總藏一堆祕密——這些毛躁難題，若是落在我們這一輩必然得是要迷失方向的種種時刻，孤伶伶站在無所適從的人生交岔路口，她心裡可曾有個可以詢問對話的對象？

母親帶我去菜市場買菜時，偶然提起一件「做小姐」年代的事。菜市場口有一家人，坐在塑膠椅上，並在椅上架起三合板，就著克難簡陋的桌子賣起三盒一百的市場水餃。

每每母親到那裡，總要尷尬地向老闆和老闆娘點頭致意。水餃店老闆慌慌張張放下手邊工作，拉起嘴邊的微笑，對母親不好意思的回禮。相對母親和老闆的尷尬互動，老闆娘就熱情的多，頻誇我越長越大，越長越高，問母親今天要吃什麼水餃？韭黃的還菜肉的？抽出紅白塑膠袋俐落塞進數量多出好幾盒的餃子，小孩子在長，要多吃點。頻頻把錢推回母親手中。母親最怕這種推揉捋擠的場面，更何況是在大菜市場的菜市口。大人詠春拳繼續打下去，隔壁派出所的員警都要出來喬事情了。

我每每跟母親說，人家要送就收下，在大庭廣眾下推推拉拉多難看。

母親不語，拿大鐵鍋燒水，將餃子輕緩放入滾水，浮水時大杓一撈，起鍋，灑上香油，毫無猶疑。

母親年輕時和水餃店老闆家住得近，成年之時，對方就來說媒提親了，聘金不是小數目。但嚮往自由戀愛的母親在塑膠工廠認識了父親，陷入熱戀，於是拒絕這樁喜事和高額聘金。兩家人雖未撕破臉，但關係變得尷尬異常，幾個姐妹都氣笑母親是個雁頭（傻瓜），要母親趕緊嫁出去吧，別留在那讓大家都不好做人。

母親常跟我說，對方賣水餃賣到好幾棟透天厝了。我總要猜想她可曾在嫁與不嫁、父親與提親者間，默默於心裡和她早逝的母親溝通，尋一個可以當作反悔藉口的答案。

我看著那簡陋的小攤子，完全看不出老闆身家闊綽，而一旁幫忙包著水餃的老闆兒子，是否曾在日日坐板凳、抓著手粉袋和鐵湯匙的工作中逃逸，畫起自己人生的藍圖？而當年站著的小學生的我，則是看著母親在電話簿、記事本、聯絡簿寫下的字跡，一筆一畫學著。母親的字跡著實漂亮，像是俐落而成熟的宋體字，每一畫都藏了踏上人生步伐的韌性和蠻勁，她要這個，她不要這個，爽快直白，要自己收拾就收拾，那怕整桌髒亂如手粉菜屑。

那些在她的人生時間軸上，已經幾度往返忖思而面對的事情，疑惑和猶豫幾度交替絆住腳步，但沒有太多時間躊躇。那些事情背後被時光遷徙而不被映照的陰暗處，有太多我不明其所以然的原因。

吃完水餃，我到底沒有躺在自己的床上睡著，沒有變成懶惰的牛。想起自己搬離家中，與男友同居，向她說出：我也想要自己的生活。當時，或許母親也曾氣笑我傻，但至終還是讓我離開，自己在家哭了一週，不明白她究竟是為我還是為她的青春傷心。

生活如魔術，或許母親早看穿包藏的祕密。

我臨行前她包了一大袋生鮮水餃，送我出門。隔天卻因為疲累而發燒，在床上躺了整天，不忘用語音輸入訊息來：「下次什麼時候回來再跟我點菜吧這樣我會很高興」。

菜肉餃子，燒肉粽，草仔粿，芋粿翹，我懷想著這些未曾識得的艱澀時光，被母親以雙手輕柔包覆，巧心調味，變成光可鑑人的小巧藝品。隨時回家一趟，嘗嘗這些帶點苦鹹的美味。

脫水

我有許多習慣，都是關上門，只有我自己一個人才知道的事情。

洗澡時，我會將換洗衣物放在地上的臉盆，讓淋浴水在裡頭集中用來洗衣，擰乾衣物，再以洗衣水沖馬桶。這樣把自來水當做甘霖聖水，層層回收利用。我未曾和人提及，直到某任男友闖進澡間發現，笑著說，一水三用，也太節儉了吧！

節儉也許是美德，但我並非節儉，日常用度一項沒省。只是門被打開闖進的當下，有一種赤裸是比衣不蔽體還要赤裸的。

我望著他，腦裡頓時盡失言語，良久才脫口一句：是一水四用。許多藏掖著的心事，我不與人訴說，只是隨著沐浴水一併溶解流洩。男友聽到這句話，只是替我遞進毛巾來，訕笑兩下就走了出去。

我習慣一個人關進包廂電影院看電影，一個人占著角落的兩人桌吃飯，一個人窩房裡看書傻哭傻笑。這種一個人關起門來的習慣早就養成，以前是緊揪著身為同志的祕密，就事事關門自理；出櫃後，獨來獨往的性格依舊。父母說我孤僻，哥哥更會無意脫口一句：你有自閉症喔？

這句帶刺的話鯁著喉嚨，怕噎死，我選擇把自己的話也吞了下去。父母每每看到我緘口，就像聊天視窗裡跳來跳去的三個灰點正在輸入訊息，但半天過去，吐不出一句話。他們擔心該不會我真是溝通障礙，就跟前隨後，事事插手幫忙。當我把手洗衣物抱出來時，他們就快步接過臉盆，搶頭香般說著：我來我來。等到晾衣服的時候，見縫插針問一句：今天還好吧？

怎樣算好？怎樣算不好呢？字句盤在我腦裡，閉門不出。

一隻嘴翹嘟嘟，去吃飯吧。

我與男友處得不算愉快。他常敲敲我的腦袋，問我，在想什麼呢？我說沒有，他也只能失落地顧左右而言他，或幫我捏手揉腳，或安排旅行。久了，他也不願再叩緊閉的門，兩人相見，就只剩下三個小小的灰色的點跳動著，我們害怕爭執，分別在腦海裡輸入訊息，沒有半句話傳到對方心裡。

分手當天，我臉上掛著淚返家，在浴室換下衣服，扭開熱水，讓水的溫度溶解心裡哽著的字。水是我的刪除鍵，一個字一個字倒退刪除，但刪不乾淨。等我一開門，母親在門外守著，不說半句話就拿走衣物丟進洗衣機。

我坐在有熱湯飯的餐桌，看見母親走來，非常害怕她指責我交了壞男友，或是我做人失敗，EQ極低。但她不發一語，默默拿了一碟鮮紅辣蘿蔔放在桌上，就走去晾衣服。我將湯飯和著鼻水和辣蘿蔔呼嚕喝下。後陽臺傳來洗衣機脫水聲，母親曾說，擰去衣服大部分的水很容易，把最後幾滴水脫乾卻很難。

有一些話語若不打開門，放在心裡只能發霉。但外頭的人看得清楚，而我未必看得懂門外的他們。他是很好的情人，被關在門外，我很抱歉。

母親甩開衣服，掛上衣架，盡力把剩下的水氣抖散，希望能在明天還我一件鬆軟的衣，要我乾爽地穿。

夢境四／藥罐

日本《古事紀》中紀載創生大地的母神伊邪那美，在生下火之迦具土神（火神）時，陰部被火之迦具土神的火燒傷，不久病死。男神伊邪那岐非常傷心，哭著問伊邪那美，怎麼願意為了生下火神而犧牲自己的生命？懷著憤怒的伊邪那岐拔出配劍，往火之迦具土神的頸部砍去，斬殺自己的兒子。

閱讀神話故事並非以今日道德觀感判斷其邏輯，不能指稱伊邪那岐與伊邪那美這對兄妹亂倫，或是伊邪那岐為了妻子之死而弒子的殘忍；也非單純將神話詮釋為古人看待天地創生的合理化解釋。但《古事紀》中對於母神伊邪那美和男神伊邪那岐面對同一事件，卻有截然不同反應，其背後，隱然有些未以言盡的事情。

某日返家，和母親約在菜市場外的公車站牌見面。起因是一個夢境，忘記夢中母親在電話裡是怎麼說的，不太明白為什麼要我過去，只是頻頻對我招手問，什麼時候要回來？夢後幾日我抓著公車握把，隨著行車緩緩搖晃，透過車窗，遠遠看見底下母親在站牌等候。母親手插著羽絨外套口袋，臉上總擦著粉而蒼白，唇膏就顯得分外鮮紅。

有那麼一瞬覺得她變矮了，變小了。

這應該不是錯覺，也並不少見，朋友在聚會時，一個接著一個談到這樣的情況。「大小顛倒了」，其中一個朋友這麼形容。

母親還在工廠當女工時，就很常說自己「肚子痛」。在廚房飲水機下的櫥櫃裡，有一格總擺放著各種相關藥品，每當她工作回來，半夜睡不著，爾爾情況致使她肚子痛時，就會拿其中一罐吞食。當時小學生的我，每次肚子痛，伴隨而來的就是強烈的腹瀉。母親打開其中一罐，抖出兩三顆臭藥丸仔讓我服用。通常吃下臭藥丸仔，半小時後，腹痛感就消失了。但那混著藥草和陳年皮革、樟木、薄荷的味道，會殘留在身上一兩天。我對氣味特別靈敏，常常在坐捷運或走路時，聞到哪個錯身而過的人吃因為腹瀉吃了臭藥丸仔，一身散著清涼的臭味。

櫃子中不止有臭藥丸仔，還有不認得的各色藥丸，白色長橢圓是每每頭痛時母親會掰成一半給我吃的止痛藥，以及感冒錠，感冒藥水，小兒感冒藥散，分不清是糖果還是藥品的各類維生素、魚肝油。頭痛吃白的，流鼻水吃這包，咳嗽喝這罐，藥物對應器官，身體部位的地圖迷霧一塊一塊被打開。再過一段時間，肚子痛出現了名詞分支，胃痛，緣由是我肚子痛卻沒腹瀉，腹脹沒胃口，母親讓我改吃強胃散，胃裡一陣涼爽，接下來幾個小時連連打著薄荷甘草味的飽嗝，隔天一早又什麼事情都沒有地去學校上課，吃花生奶油麵包配調味乳。

上腹痛，下腹痛，病是日常而不驚動誰的，自己到廚房藥櫃抓藥吃。

全民健保開辦的當年，我拿到背面六個格子的健保A卡，難得去一趟診所，櫃臺掛號的護理師阿姨稱讚我是健康寶寶，大多數小朋友都換到C卡D卡了，唯獨我A卡六個格子蓋不滿。其實倒也不是我健康，只是母親上班去了，我也不會一個人掛號看診，生病自理，藥櫃子幾種藥吃來吃去都膩了，沒意思，反倒想念診所給的櫻桃口味感冒糖漿，醫囑叮嚀得按刻度喝，人工得噁心的藥水一經費心斟酌倒進小透明杯，竟也變得瓊漿玉露般珍稀。

母親似乎不喜歡口味特殊的感冒糖漿，也不愛上診所看病，吃成藥如生活稀鬆平常的日子，直到一夜母親突然夜不歸屋，父親返家回來，向哥哥和我說母親手術住院了。我抓著藥櫃裡的綠色胃藥錠問父親，媽媽吃藥了嗎？

父親搖搖頭，說醫院有醫生會開藥給她吃，不吃這個。總覺得再說下去，父親的沮喪會轉變為憤怒，我就再不追問。

母親不在家中，家裡突然什麼都停擺，像頓時啞然壞掉的電冰箱或電鍋。工人父親到醫院照料手術後的母親，空屋裡電鈴響起，是小舅舅帶著兩大包紅白塑膠袋的乾麵和黑白切給我們當晚餐。乾麵加上豆芽肉燥，是習慣的味道；另一袋黑白切分不清是哪個臟器，認得出的只有肥厚的粉肝，其餘管狀的都當腸子，片狀的都當豬肉，還有認不出白色切片節鱗凹凸的且當成無味的苦瓜。淋上厚厚一層五味醬，還是蓋不過其爨怪腥味，吃一兩口就再也吃不下去。長大後才知原來是豬的輸卵管、豬肺和子宮、而無味的苦瓜則是稱作齒扶的豬牙齟。

週末，父親的好友，同時是哥哥的乾爹，將哥哥和我帶去他家，乾爹家三個女兒正當妙齡，帶著我這個小孩，少女閨房裡玩洋娃娃，午間姐姐們替我戴上眼罩睡午覺，晚餐吃麥當勞，姐姐問我們要不要喝「奶昔」，有巧克力和草莓的。我沒喝過，猜想總是乳製品之類的東西，入口後才知道奶昔口感介於乳霜和奶油之間，喝起來就像融化的霜淇淋，甜蜜得像夏日傍晚的散步時光。

餐桌上，我一口大麥克，一口草莓奶昔，姐姐說醫院打電話來了，我用油油的手接過無線話筒，母親在另一頭問有沒有乖？晚餐有沒有吃？我一邊囫圇應答，一邊嘴裡舌尖正與草莓奶昔纏綿。掛上電話後，姐姐們說我奇怪，好像都不想媽媽。

母親出院，我沒多問病情，數日後母親返回工作崗位。她會多帶綠色的胃錠到工廠去吃嗎？我翻看藥櫃子，藥品毫無變動。

若干年後母親不再工作，也不是不願工作，只是身體術後老化的快，從工廠退出，離開每日釘製排線，砰砰鏘鏘的嘈雜環境。本來想去大賣場兼職，應徵後，入賣場第二日，領班就嫌眼睛老花的母親，看不清密密麻麻的貨品標示和價格，也使不上力搬動貨物，於是表面委婉卻再再強硬不過地諭喻她：你這樣子我們會很困擾，你還是找別的工作好了。

那一刻，自幼務農，早早入社會的母親，似乎不得不承認自己再也不年輕了。

次日，母親就再也不去那家賣場，連進去購物也不肯。那家賣場並沒有在臺蓬勃發展，幾年後停止營業。

母親每每喪氣地說自己再也不能賺錢了，窩在家裡一邊拿碎布料縫成居家服，一邊看股市起落，有了網路下單的今日仍舊堅持打電話到證券公司搶掛股票，每天與當時準備考大學的我講某股漲零點幾元，賺幾百塊。勝券在握的操盤手永遠都是報喜不報憂的家庭主婦，不是電視裡看上去就不是有錢人，卻振振有詞地說自己看透曲線天機的分析師。於是我總鮮少聽到家中的壞消息，非常偶爾的，母親才願意談起多年前的手術，「巧克力囊腫啊，那個什麼賀爾蒙太多，刺激太多了，」她依常一派無事的說著，「整付子宮卵巢都拿掉了。」像是說著跌零點幾元的股票，苗頭不對，趕緊脫手全部賣掉。

那天是個無事週末，股市不開盤，母親睡到中午，起床說自己失眠，又不敢吃安眠藥，才講起當年的手術。母親用閩南語「整付」來形容她的器官，我想起小舅舅買來的黑白切。

醫生告訴母親，子宮和卵巢切除後，身體機能會退化得較為快速，更年期也提早到來，得適量補充雌激素、葉酸、葉黃素和蛋白質等。只是母親的老來得也沒那麼快，至少青春像是全留在她臉上似的，到我念研究所時，每每還是有店員會稱讚母親與我像姐弟，問她是不是很早結婚生子？店員的話不全然都是盲目奉承，尤其年輕店員直來直往，愛買不買隨你意，假話說多了客人倒要走避。

母親每每因此竊喜，但唯獨她緩慢的反應速度和羞於與外界接觸的態度，讓店員察覺眼下母子組合有點年紀差距，於是眼神避開母親，直接與我溝通交涉，問我要拿的衣服尺寸，或付現或刷卡。付完帳後，母親才繞在我身邊問價錢多少、有沒有贈品？搞不清楚狀況的反應，彷彿是我帶了個初入城市的女孩逛街。

母親在公車站牌下，提著兩袋子市場買來的菜，一袋馬鈴薯、胡蘿蔔、土雞腿肉等咖哩材料，另一袋是從小吃到大的生煎包和牛肉燴飯，我從沒想過我要以顫顫巍巍一詞來形容她把塑膠袋遞給我時，那肌力無法負荷，雙手發抖的瞬間。我問她怎麼不買些豆腐、菠菜、山藥自己吃？她說不了，老就老吧，補多了，又不知道哪裡要長瘤，寧願突變細胞永日萎縮，如她自己漸漸駝背的身形、失去氣的雙手，遞給我滿滿一袋都是買給我的食物。

《古事紀》後一段的紀載中，伊邪那美並沒有真正從神話退場。思念妻子的伊邪那岐到了黃泉，卻看見伊邪那美全身蛆蟲，不願再接受妻子，還用巨石擋住了黃泉國的道路，分開了陰間和人間。伊邪那岐用河水清洗自己，誕生了天照大神、月讀神，以及須佐之男。每個神祇都各自治理自己的國度，唯獨須佐之男荒廢治理自己受命統轄的海洋，想念著住在黃泉國的母親伊邪那美，而不停啼哭。

知道原因的伊邪那岐非常生氣，趕走了須佐之男，自己便隱居起來，不問世事。

須佐之男和伊邪那岐，好像都是還沒長大的孩子。我看著公車亭下的母親，想起了這個故事。

挽面

小時候，母親會騰出大腿，讓我枕著，再從放滿梳妝用品的喜餅盒裡拿出眉夾，就著窗邊的光，尋摸著我臉上的細毛，每夾去一根，我心裡就刺痛一下，皺一下眉。

歹勢，會疼嗎？母親抱歉地說。

多年來，我認知中的挽面一直是這樣的。

我從小就長壞了，一張臉總被取笑是烤糊了的披薩，讓我總是低著頭，盯著地板走路。直到國中時，我好不容易向心儀對象表白，卻碰了壁，回家反而向母親發脾氣。我揣著身為同志的祕密不說，只是對著她怨懟：把我生成這樣，都你害的。

母親不明就裡，但只得安撫我，教我用蒸氣蒸臉，以蛋白調綠豆粉匀面直至乾燥再清理。扒下龜裂的粉漿時我恨不得撕下整張臉，換一副長相，不料只摘下了粉刺細毛。看著鏡子裡光滑的皮膚我更惱怒了，遂躲進房間，一聲不吭。

母親敲敲門，提著化妝盒，抱歉地說：甭生氣啊，我幫你挽一挽，血液循環吼，臉瘦下來就會好看。

我姑且閉上眼睛，讓母親低著頭，執眉夾，替我挽面。光影透過她的手勢錯落在眼皮上，我很快就沉沉睡著，再醒來時什麼也沒變，母親卻累得直不起身子來。

我不信這套古老方法能改變什麼，日後我轉身朝著鏡子，自己處理面子問題。但無論我如何背對母親，她還是會好說歹說把我枕在腿上，面朝著她，問我，沒什麼心事要說的嗎？我緘口，她也不追問那些藏在我抽屜裡，單方面寫下的日記和情書怎麼回事，只是繼續挽面。經常，我被她沾了收斂水的化妝棉一擦，冰涼澀鹼扎得我醒來，卻看到她眼角有光，推說是目油。

歹勢，弄痛你了。

她其實都知道了，儘管痛的是我，哭的卻是她。

我曾和某任男友交往數年，好不容易感情穩定，以為自己終於有臉面對母親了，遂和母親坦白，並安排他們一起用餐。餐後男友說：你長得很像媽媽。我一聽到這句話就板臉生氣，彷彿我努力切斷的又被黏回來。

這是我喜歡你的原因之一，謝謝她。他說。

原來，當我對著鏡子發自己的脾氣時，看在她的眼裡，我卻是使力地用各種洗潔保養品抹去她的輪廓。

工作後瑣事纏身，很少讓母親替我挽面。突然有一日她敲敲我的門，將我枕在腿上替我挽面，問我什麼時候再帶男友來見。我說現在沒有男友，找不到，睜開眼睛，她沉默不語，只是推推鼻樑上的老花眼鏡，在我臉上仔細揪她自己的錯。

弄痛你了嗎？歹勢。

光影錯落，在夢與醒的恍惚之間，想起她那句歹勢，總有弦外之音，彷彿每個手勢都在告訴我：生給你的不夠好，只能盡力替你挽一張乾淨的臉，讓你接下來的人生有顏有面，能抬頭挺胸走路。

我想說，沒有關係的，長得像妳，我很開心。

制服褲子又更緊了一點。清晨，小學二年級的我站在衣櫃前，用力吸氣提腹，雙手一拉，在所有力量的抵抗中，我努力拉近兩塊布的距離，勉強把褲子的釦環扣上。但肚子是太誠實而沒有節操的部位，收受食物賄賂，不過三秒就倒戈地彈開雙手、布料，喪氣地癱軟在小ＹＧ的內褲頭上。

總是有太多自己毫無戒備的時候，猝不及防地就來捉弄人一下，其實那些事情都在意料中，週期性地讓人發出「啊，又來了」的無奈嘆氣。小學時的自己沒有太多要減肥了要多運動了的想法，只是想著要趕緊去學校，趁著哥哥還在熟睡，撈出衣櫃裡他的ＸＬ號的制服短褲穿上，背起書包，瞻前不顧後地走出家門，全然沒有想到身後的哥哥等等該穿什麼出門上學。

第一次穿走哥哥的制服褲子，在路上踏起輕盈腳步，覺得自己長大了，實際上也的確是「長大了」，每天晚餐的飯量都可以用碗公來計算的我，能絲毫不帶任何罪惡感，了解暴飲暴食的快樂。胃口在長，身體也跟著大。哥哥的制服褲子不知道怎地顏色比我的鮮藍，上的漿比我的多，穿起來硬挺精神得多。儘管都是開學之初統一套量訂購的制服，是老師一個一個叫號碼問我要穿什麼尺寸的制服，只是出於自我意志，拿走衣櫃裡本不屬與我的東西，而非兄棄弟繼的承接，雙腳套過褲管沒卡在大腿上，腰中的釦環輕鬆扣上，那時就凌駕了哥哥、母親、父親各種莫名其妙的，我老也不懂的讓梨世界觀。

那天的我一直沾沾自喜，穿了新褲子特別有精神，下課的時候走到同學桌前聊起天，手插口袋鼓鼓，其實也沒真要聊什麼。

第二節下課，哥哥和他的同學在窗外出現，兩個人嘻笑怒罵，同學遠遠地抬抬頭，用鼻子指著我，欸那你弟喔。直到我走近窗臺，哥哥用一副無所謂的態度說：欸，褲子要不要還我？我裝傻，什麼褲子？他悄聲說：走啦，去廁所換。像是怕被他同學聽到似的，似乎沒跟同學說明來意，又或者覺得被弟弟穿走褲子是件莫名恥辱的事情。但我繼續裝作不知道，躲回同學堆裡聊天。上課鐘響了，交涉失敗的哥哥和同學拿我沒辦法也轉身走了。

我看著哥哥穿著我的褲子，腰圍尺寸是合的，但褲管卻太短了，短到膝上大腿的一半；而穿著ＸＬ尺寸的我腰圍剛好，褲管卻蓋過膝蓋，看起來像六分褲的制服短褲，那種凌駕感消失了，反倒覺得我和哥哥都很可笑，羞恥的那種可笑。

小時候我們在家吵架吵不停的，但長大之後我們很少說話。母親偶爾會向我抱怨他，也會向他抱怨我。有那麼一些時候，我覺得我和他就像那統一尺寸底下的褲子，穿在他身上奇怪，穿在我身上也尷尬，如果我們分生在不同的家庭，或許我站在衣櫃前就會提醒自己應該開口要錢去福利社買條褲子，而他也不會為了維持在同學面前的形象，站在窗臺前悄聲說話，未果，穿著那半短不長的褲子，涼颼颼地走回他六年級的教室。

隔壁的男生

許多年來，哥哥一直都在我的隔壁，即便多年不說話，不見面，我還是可以感覺得到他就在身旁。

不知道是不是設計師阿燕的刻意安排，還是兩人的個性造就，男士髮廊裡好幾個座位，他總是會選中央最亮堂的位置，繫上理髮塑膠巾，那神情有一種理所當然，一種天生萬物以養我的理直氣壯。我總是坐在他的旁邊偏店內側的椅子，不想離他太遠，卻又害怕人們的目光。

我的頭形難看，不是一般人喜歡的渾圓頭形，從耳際往上延伸至頭頂會經過一個近九十度的直角，只要頭髮留得太長，稜角就會炸開叢生的毛髮；但剪得太短，又會蓋不掉太大的臉，這種奇怪的「頭角崢嶸」讓阿燕每次動剪時，都得花上許多時間，用細長的剪刀在直角處細心修剪成最適合的長度。

你跟你哥還真不像。阿燕說。

阿燕是個可愛的女孩，替我理了七年的髮。一次我把她的預約方式給哥哥，從此，我就會從她口中聽到自己和哥哥成為兄弟三十年間未曾聽聞的差異：像是這裡，你哥的頭形就渾圓得多，不用避開這些稜稜角角的地方。

兄弟之間從小就常被拿來比較，成績單上分門別類的項目都能像報紙製表一樣分出幾勝幾負，但是能夠比出頭型的角度和理髮的細節，這還是頭一遭。

真的嗎？原來他的頭形是好看的？

不過他不像你會花很多心思在上頭，他很懶得整理。阿燕說，她常叮囑他，早上出門前至少用水沖一下，吹乾，再抹造型品，否則頭髮壓了一夜，髮蛋白都定型了，再強的髮臘上去也就只是像抹了一層油一樣無甚效果，只是徒惹油膩。但聽到這些步驟的繁複，哥哥總會問她：有沒有更簡單的？我早上都趕時間，要上班賺錢啊。

有啊，我就幫他剪了一個只需要把額頭瀏海吹高的飛機頭，其他用水抹平就好。

設計師說這些話時，可以不必看著手中的梳剪，就能俐落地把我的側鬢削去。一直以來，我以為這些稜角就像一些長在身上的修辭，暗喻我個性上易和人碰撞的缺陷，因此遇事寧願退卻鄉愿，卻在頭上長出代償性的稜角，害得阿燕總是得費一番工夫處理，剪刀開開合合上百次，只為了一公釐的差異。但事實上阿燕害怕的不是有稜角的頭形，反而不喜歡精心幫顧客剪的髮型卻總因為懶得整理而被糟蹋，像哥哥那樣。

「有很多客人都知道我會嘮叨什麼。只是覺得自己手拙，怎麼用心整理頭髮都像一坨搞砸的生菜，就要求我剪一個不用整理的髮型。」阿燕說，像我這種會花許多時間注意小細節的男生，大約只有兩成而已。

這些話穿過鏡子，在倒影的虛像裡重構出我的哥哥，鏡子中央浮現每天早上都會出現的光景——在我起床前一個小時，就會聽見隔壁房門的開闔，浴室裡嘩嘩的小便聲，吹風機哄哄軋響的三分鐘，而後急急關壓的水龍頭——這一連串聲響，都在我似夢非夢的晨間響起，似乎能聽見哥哥醒時的慵懶，又不得不逼著自己趕忙的動作，在鏡子前撫平鬢邊的亂髮，並將瀏海往上吹送，彷彿在一連串的壓力雲霾裡，試圖吹開一張明淨晴朗的臉，讓額上的機翼能迎空高飛而去。

我們相差四歲，每每當我在人生的上個階段，他已經到了人生的下個階段。我小學時，還不懂造型頭髮，國中生的他已經懂得用扁梳從髮中五五分開左右兩半，沾水抹出中分頭。我國中時，跟著把頭髮縷成兩半卻像書呆，他已經是半熟的高中生，從側邊八二分梳，打籃球時就能以單手帥氣地撥弄髮絲。高中時我梳旁分，沾沾自喜以為自己終於長大了，而他已經是大學社團要員，彼時足球金童貝克漢身兼球員和明星獨領風騷，層次短髮往中間抓型成束，他也跟著抓起洋蔥、刺蝟、飛機等等短髮的變體。

這些年之間我們不交談，不互動，只是安安靜靜地從鏡子裡觀察彼此的面孔和髮型，在模仿和超越對方之間，用頭髮進行一場永不停歇的比賽。

其實，我們小時候感情十分要好，就跟一般的兄弟一樣，是都市之中，幢幢樓房隔間裡，其中一間的大玩伴跟小玩伴。

家裡有一扇大落地窗，玻璃是常見的梅花花紋，我和他經常隔著那扇凹凸不平的落地窗玩遊戲，若不是對彼此惡作劇，把對方鎖在外面，就是兩個人隔著厚玻璃，像電影《E.T》一樣，用手指玩連線遊戲。他頻頻出題，我就得十指並用，讓幼稚園的我那短短嫩嫩的手指，按在他的座標上，我跟上一個，他退後一個，梅花花紋像不規則的星雲，手指就像繁亮閃爍的星星，我那時以為那就是我的星圖。直到他把嘴用力吸在玻璃上，揮揮手，要玻璃另一頭的我也親上來。

我看著玻璃後，他那像小章魚吸盤的嘴唇，咯咯笑著，毫不猶豫地親了下去。

「白癡！」

他站起身來，也笑著，卻不知道為什麼像是開玩笑又像認真地大聲罵了我白癡之後，自己跑去看電視，留下我一個人在當場。

我總猜想，我和他之間，有一些註定好的裂解，就從這面玻璃開始，把我們分成了兩半。

那時起，我開始聽得見父母和親戚對我們不同的形容：哥哥活潑，弟弟內向。哥哥長得好看，弟弟可愛（而我一直都知道可愛是醜的轉注）。後來還有了哥哥不愛念書，弟弟成績優異，哥哥幼稚，弟弟早熟等不同版本的描述。我記不得這些描述到底是我跟他之間的根本差異，還是我為了讓別人記得，努力異化自己，像從亞當身上拔下來的肋骨卻長成了對面的夏娃，而我長出的是從他身上分化出來的特性？

兄弟的分化是一種必然嗎？每當我從自己房間拿出厚厚一疊獎狀跟親戚炫

耀，而他總是兩手空空地隔壁房間出來，拿了親戚的零用錢，不屑地看著我回自己房裡，那一刻，就算只是個小學生，我也明白了這個世界僅是各種條件對比雜揉之下的殘酷，勝與負也從兄與弟之間無情的分化。

高中的哥哥開始交女朋友了，有了自己的交友圈，在隔壁的房間裡牽了一隻新的室內電話，每個晚上都聽得見短暫的鈴聲響，他即刻接起，以為不驚動這房裡的任何一人，但他不知道忌妒心起的我馬上隔牆附耳，想偷聽那些說給話筒裡的女孩的密語為什麼不能說給我聽。但電話裝在他房間的另一頭，聽不出那些聲線模糊而無法辨析字句的內容是什麼，就算有時聊得大聲，也都是戀人之外都不產生意義的綿綿情話，最後細聽下來只剩學校和生活瑣事，末了纏綿幾句告別的臺詞，敲定週末的約會時間地點，眷眷不捨地掛上電話。

約會當天早上我趕緊起床，身兼私家偵探和抓猴者，穿著睡衣佯裝成無甚相關的路人，若無其事地在客廳看電視吃早餐，但視線一直瞥著在廁所忙進忙出的哥哥。他換上破牛仔褲，廉價但表彰率性的襯衫，腰上一條銀鍊子不知道為什麼明明就只會按電鈴叫我開門卻也要掛著一串鑰匙，然後從清水抹髮再到動感彩珠顆粒的髮雕，沾得珠玉滿頭才夠酷炫。

去哪裡？我問。

關你屁事。他轉身出門。

隔壁的房間空了，附耳聽時只有樓上的腳步聲，或是樓下敲釘子的聲音，再不然就是空的聲音，像從耳朵裡抽出一條非常細的線頭，發出非常細小的弦音，線的另一端卻像是扯著心臟似的，有點痠，有點麻，微小的疼痛。再繼續拉著，線頭扯完了，心房就空了。

國中生的我開始練習交朋友了，有了自己的死黨玩伴，還發現自己喜歡男生，那一刻，就像被上帝扭過頭來，我和哥哥走了完全相反的路。我也開始用清水抹頭，用造型品。一次偷偷用了他的炫彩顆粒髮雕，他隔天出門約會前發現，怒不可遏的哥哥和不明就裡的弟弟兩人在落地窗前吵起架來。印象中只記得在齟齬間輕推了他一把，一個踉蹌，他跌在落地窗上，厚重的玻璃碎成了好幾塊。母親聽到動靜過來探看，說：小時候你們最喜歡坐在這裡玩的。

落地窗破了，膠帶黏不回來，母親趁著底下修理玻璃修理紗窗的小貨車經過時請工匠上來換。工匠車上只剩正方格紋的透明落地窗，換好之後，梅花星雲消失了，梅花稜鏡裡的小章魚似乎也游走了。

「你要用我的東西也要跟我講，以後自己用自己的東西吧！」他生氣地撣去身上的玻璃，關上房門，那是毫不猶疑的而憤怒的「喀吖」兩個猝聲，關成了兩個世界。從此一人開門，一人關門；我高中日日通勤，他念大學外宿；我念大學和研究所住宿舍，他退伍返家。終於兄弟二人通通住進家中了，也是在房門開關之間，窺伺著彼此的動靜，趁著各種聲音數據研判廁所空無一人的時機，趕緊搶占那個能夠梳洗打扮的唯一空間——關上門，面對鏡子，或用冷水，或用熱風，在唯一可以變花樣的頭髮上用盡心思；打開門，前往各自的人生。

一次母親與哥哥在生涯上起了爭執，換不換工作的問題延燒到哥哥到底什麼時候結婚生小孩成家。哥哥自己腦子裡都沒主意，卻被逼著說個答案，著實氣不過的他從父母主臥房裡悻悻然離開，經過我房間時，他敲敲門，探頭進來，問：你是同志嗎？

我默不答聲，多年來難得的一句話，卻令我為難至不知該如何回答。

「算了。」他說，「算了，沒關係，我擔。」他回隔壁的房間，我附上耳朵，很想聽聽他的聲音，卻只是聽到冰涼安靜的聲音，像我們數年來不說話的累積，砌成一面阻擋彼此面孔的牆。多年來我只是專心地面對性向與環境之間的扞格，關上門，出去尋找自己的天空，卻同時把他關進櫃子裡，留著他處理那些我終其一生都可以還他一句關我屁事的家庭和宗族，一個人盤算著自己該如何應對婚姻與傳宗接代這樣尾大不掉的爛攤子。

我看著他的時間被工作和壓力輾平，無暇顧及造型，出社會後的幾年間，他從浴室出來的樣子完全一模一樣，停留在多層次剪的時代，落在我身後好遠好遠。幾個週末早晨，他會坐在客廳，看著我在浴廁間忙進忙出，目光不小心對上時一舊保持兄弟之間的默契，把視線自動調整成兩條平行線。此後幾天就會發現我的髮蠟少了一點，定型液輕了一點，想起他大概也是想要在鏡子裡找一個更好的自己，或者是有了新的交往對象了，就遞了阿燕名片給他，說，你可以找她剪頭髮。

再隔幾個禮拜後，當我踏進理髮店時，阿燕跟我說，欸，你哥來過囉，他到底是幾年沒換造型啦，現在的人都在用髮蠟了他還不知道。

真的嗎？

自那次開始，我和阿燕就會交換著哥哥的消息。即便我們在家裡不講話，但是每個月我都會去剪頭髮，順便更新一次他的近況：他要考證照、他最近正在念英文、他加薪了，就連他去日本玩了，也是阿燕一邊動著剪刀，一邊說的。

欸，你好歹也主動關心一下你哥，你個性真的是喔……

真是很難相處。

我接了她的話說，看著她費心處理著我頭上那塊會炸開毛的稜角，知道自己的個性就像這種奇怪的頭形，稜稜角角的，閩南語會說鉒鉒角角很多，大概就是指我這種顧著做自己，忘記自己的堅持會撞傷別人的人吧。

「其實我也很想知道他在做什麼。」一話點到這，阿燕會心一笑，點點頭，大概這世界的人她也看多了，就像每一個人一種頭形，每一種頭形，都有一種修剪的方法。

一個週末早上，他早上起床，敲敲我的房門，問我：為什麼要先洗頭再吹，然後再抹髮蠟？

我起床說：因為頭髮壓了一夜，髮蛋白變形了，這時候就要用水洗過，讓髮蛋白重新吸水，然後用吹風機的熱風吹出髮流，再上髮蠟。設計師不是跟你講過這些嗎？

我只是想確認一下，你是我弟，我比較相信。

他進了浴室，先後傳來洗頭和吹風機的聲音，接著把頭髮弄得英挺帥氣，對我點點頭，出了門。

視線終於交會了。

阿燕後來跟我說：你快要有新的大嫂了，大概吧，我也不知道，我只是個剪頭髮的。

真的嗎？我在鏡中看見阿燕工作的表情，彷彿就看見她幫隔壁的哥哥細心剃去鬢角，修整劉海，露出俊朗的五官。在剪刀開闔之間，我和哥哥透過鏡子互相對視，樣貌漸漸清晰，在訊息與推剪聲音的交換之間，我們的表情也默默地改變。

我猜想有些關係就像頭髮，睡了一夜，被壓得死平，像一堵牆。但用清水洗過，恢復彈性，還有機會再次塑型。那些以為好像再也無能為力的扁平，幸好，還來得及重新抓出我們之間的線條。

夢境五／刀子

艾莉絲孟若在〈空間〉裡描寫了多莉和丈夫洛伊德爭吵，憤而離家，返家後發現洛伊德因為憤怒殺死三個孩子。洛伊德被捕入獄，多莉幾次搭公車探監，其實多莉沒有這個責任義務見他，幾次都是硬找著話題消磨會面時間。但當洛伊德說「不想打擾你的生活」，卻引起多莉的憤怒，什麼生活？生活都被你毀掉了！一句話在心裡擱著，沒說，隔天多莉又來了，到這裡讀者都會明白，多莉並非要一個道歉，要洛伊德向她請求原諒。在〈空間〉這篇小說裡沒有原諒這件事情，多莉就是要握持著這份憤怒，折磨弄痛彼此，才不會愧對那些死去的孩子和幸福，也唯有如此，多莉才能替自己如核彈炸過，輕虛飄渺的生活，以傷痛的重量錨定一處。

直到一次探監路程上發生車禍，多莉下車看見被撞飛而失去呼吸意識的卡車司機，想起照護員丈夫曾和她說過處理呼吸道堵塞的方法，救回傷者一命。多莉堅持陪傷者直至救護車來，公車司機問她要不要回車上繼續搭車，她說不必了，不去探監了。孟若的描述很有趣，寫多莉回話時一句話一句話都「輕聲細氣」，彷彿被救活的，不是傷者本身，而是多莉自己。

那一刻，多莉從憤怒的監牢裡脫身。

我喜歡小說裡的一句話：對多莉而言「愛是一個無法承受的字眼」。在愛裡包藏了多少的扭曲，善與惡，慾望與憎恨，建構與毀滅。她無法再承受因為愛而帶來的副作用。

我常想許多傷害後的雙方怎能繼續一起生活，想起一次哥哥和父母激烈爭吵，他憤怒地喊著：真的很想殺了你們。好像走進廚房要拿刀子或其他東西似的，發出一點聲響。

一如往常我躲在房裡並沒有涉入，只是聽，最後我不知道什麼拉住了他，或許是理智、感情、身而為人最後的善念。我聽見一句「算了」，接著聽見刀子被丟在地上的鏗鏘聲，腳步聲，門關上的聲音，哥哥出門了，隔天返家。其後又像無事一般地上班，後來被公司調派外地，也開始新的人生。

常常在家中只剩我和母親時，母親會和我說父親和哥哥哪裡不好不對，但在我的觀點裡其實他們並沒有那麼不好，幫他們說話時，母親異常怨懟地說：你別以為他們是好人啦，他們一個一個都在算計。

多年來，我都長期處於混亂的狀態，有時我難以分辨三人之間到底誰說了事實，又或者三者說的都是事實，只是各自從事實裡切出一刀，看上去都像偏執。

一次母親節，哥哥和我各自從外地返家，沒有事先安排，隨意在附近的西式餐廳用餐，我和父親母親先到店裡，哥哥隨後而來。餐點並不好吃，惹得大家不快，但也只是批評菜色，不滿的氣氛並沒有延燒到人身上。只有父親點的清炒蔬菜義大利麵吃完了，母親、哥哥和我的盤中還剩下不少餐點。四個人異常溫馨地吃完一餐，沒有任何齟齬，很平靜地交換最近生活的點滴。哥哥最後說：算了，等等我去吃別的就好。餐後他加了我的即時通訊，但至今沒丟過彼此訊息。

我倒是一直記得，算了，這句他最常在令人不滿的狀況後，或是家人爭執之間最常出現的結尾。父親母親如要執意向他爭辯，他就會憤怒起來說：我不是說算了嗎？還要繼續嗎？他的極限是：算了。

最近我的設計師問我有沒有要回家啊？你哥都回家好幾次了。我突然和她說，最近和父母鬧得不太愉快，覺得任何溝通都有極值，以往我都會勸朋友如果能力範圍所及儘量溝通，維持關係，後來不這麼做了。每當我感到那些藏在愛這個字背後的種種歪曲的力量和抗拮，不得不承認有一種在憤怒邊緣的最後的理智，那是哥哥教會我的：算了。不是原諒，沒有原諒，是放過彼此，算了。

餐後父親和哥哥先離開餐廳了，母親和我搭捷運逛街，難得買馬卡龍給母親吃，喝薄荷茶。母親突然說起有一年哥哥曾和她抱怨，說一日哥哥在路上遇到我，和我打招呼，我似乎視若無睹，刻意略過了他的善意招呼。「他說：『我很受傷』，他是這樣跟我講的啦。」母親模仿著哥哥的口氣，聽起來像是我從來無法想像的哥哥。

我解釋自己沒有印象了，也不會當作沒看到才是。但心裡閃過懷疑，那些和哥哥在自家附近遇見的時刻，大半都是他用一種周杰倫撞見認識的人的方式低調的「欸」了一下，而我也只是非常輕微地點點頭，大概也只有我自己知道我打招呼了。

像我這種，毫無溝通功能的招呼，還算招呼嗎？

一次在音樂治療課堂時，我畫下小時候的記憶，下午的後陽臺有花草生長，廚房有醬料罐瓦斯爐，我並沒有出現在畫面中，而是在畫面外的一個暗角坐著。我在說明時大致說了家庭狀況，說著自己父親母親的事情，治療師突然問了，那你哥哥呢？這樣的問題，讓我突然語塞，我知道我還沒準備好怎麼回答，大半是壞的記憶。

「有一次我和哥哥吵架，肢體衝突得很激烈，母親在一旁要阻止我們卻拉不住。夜裡母親在後陽臺跟我說：『你是弟弟，要讓哥哥。』這句話我一直記得，一直詮釋成『傳統家庭都這樣比較偏袒長子啦』，心裡一直有恨意插著，但這一兩年偶爾我看見母親老的太快，手經常使不上力，提重物都有困難，那一刻我突然想起小時候後陽臺的那句話，或者我想錯了，應該解釋成『母親當然想保護孩子，但兩個都是，她抓不住任何一個，也不能跟任何一個拚命，只能用一個折衷的方法。』是啊，一定會壓抑委屈其中一方，但或許她能想出的也只能是那樣。」

這樣對治療師說完之後幾日，我接到邀稿，猶豫著要不要寫這件事但還是打消念頭了，雖然好像多面對過去一些，但我擔心我對過去的記憶都是自己偏狹的詮釋，那些對我不利的事物，遮著眼睛不去看，就當作不存在了。當晚我夢見和那次爭吵相去無幾的夢：一樣的爭題，表面是關於房、車等財產繼承，其實是哥哥期望自己購屋，並不想和父母同住，爭取生活自主的裡議題，但夢境中的哥哥並沒有這麼激烈地與父母爭辯。

只是不知道為什麼刀子在我手上。

夢裡的一切似乎全然倒轉，我手刃父親、母親，連哥哥都難逃我的殘暴，問著，為什麼要這樣。此段夢境沒有畫面，不知道是怎麼進行的，「反正就知道是自己殺了」這樣旁白似的描述。畫面重啟，屋子裡的人都死了，但我的憤怒並沒有因此停息，我告訴自己放鬆一下吧，於是燒起熱水，泡起茶，想起平時都是父親泡茶問我要不要喝的，此刻，我悲傷不已，哭不出聲音，驚醒。

聽到母親轉述哥哥的話後，我除了驚訝，更確定了一點。他也很受傷，是吧，我總是握持著自己的傷和情緒，選擇論述的事物和方式，好像全世界都只是陪著我的情緒，折射成我要的樣子。什麼能寫，什麼不能，即便是當事人如我，再用心斟酌，都有我理智所不能及的惡，正拉著我，寫下一些偏狹的字。

但那並不是假的，那也是真實但那只是很小很小的，連一個部分都稱不上的，無論是一朵無人知曉的花開，或是病毒在一隻松鼠身上肆虐，於世界來說都趨近於零，不是太重要的低階生態系，進行了一個活著的動作，廢話般地。

多年後我在一場榮格心理學的講座上聽到，現在的人沒有儀式上的成年禮，卻有個別暗藏在自身的成年禮，有的早，有的晚。新聞中偶爾出現的隨機殺人、弒父弒母事件，或許都是自身亟欲與父母切斷關係、尋求自主性的表現。但無疑的，這樣的成年禮多以失敗告終。

哥哥和我，或許突然都意識到浪潮終將推開我們，以及我們與父母。我們各自轉起旋盤，從安靜無聲的海洋裡收起分置於他處的錨，開往各自的航道。

同事的貓走丟了，她在辦公桌上放了一張朋友走丟愛貓時所製作的協尋啟事，上頭有貓的名字、花色、特徵，項圈上綁了鈴鐺，如有尋獲請打連絡電話，附上照片正面側面各一張，列印成A4大小張貼。她準備也仿製一份，心煩意亂的時候做些按部就班的事情，就像替自己綁上小鉛錘，試圖穩穩在亂風中飄浮不定的心。

同事跟我提起貓走丟的當天，大兒子責怪她沒有把門關好。「平常就跟你們說門一定要扣好，不然牠會自己撬開走出去的。」她轉述大兒子的話，不知怎的，那一種世界都要毀滅的責怪，聽起來就像以前的我說過的話似的。當下我並不打算安慰她，都是養貓之人，知道貓走出去了，要回來不回來，都不是人能決定的。

她說她已經向兒子道歉了：「下次我會把門扣好的」，她這樣說，我不作聲，心裡想，身為母親，不能寄望孩子會如何愛自己的媽媽，卻要有被孩子恨的心理準備。

我想起張桂枝唯一一次走丟，也是因為門就這樣開了一個縫。家中大門的內門門把壞了，自動卡榫的彈簧鎖舌老舊無法自由伸縮，就拆掉不用，因此想關上內鐵門，只能用轉鈕轉上方形鎖舌，把門鎖上。經常，我在樓下按電鈴，母親或父親在樓上開門，張桂枝就趁此時從門縫伸出頭來探看，父母都會說，啊，牠在等你啦，在迎接你。其實我知道張桂枝並沒有在看我，而是往樓上和頂樓張望。多數時候當我從租屋處回來，走上樓，牠從仰望變成俯視，眼神是好奇，也是順便：嗯，是舊時的主人啊，煩死了。隨後擺擺尾巴，走進門內，翻開肚腹，打賞似的給這舊人一點恩惠。我摸摸牠肚子，不到兩下，牠隨即走開，穿過客廳落地窗，身影消失在黑夜的陽臺裡。

時間久了，父親母親也漸漸不注意門有沒有關好，我以為他們代我養張桂枝，久了也漸知貓性：牠愛走便走，牠不回頭有牠的理由。但一日張桂枝不在屋中，母親還在家中各角落搜尋，床底下、神龕下、前後陽臺、衣櫃中，搖搖飼料罐像沙鈴呼叫，但怎地不見貓影，卻才驚見鐵門開了縫，「害啊啦，貓走出去了」。父親、母親、哥哥衝下樓去，大街上，三個大人學貓叫，儘管心急但看起來十分滑稽。我從陽臺俯視著他們，暗想不必這樣的，打開門，仰頭看見張桂枝從樓上樓梯探出頭來，果不其然。

我轉身進屋，張桂枝眼見路徑上空無一人，就跟著進屋。我聽見貓細碎的腳步，總是得在極安靜的時刻才會走近。

他們是把貓當成狗來養了。

貓找回來了，母親眼眶泛紅對貓責難怎麼亂跑呢，父親去浴室沖洗急出一身的汗，哥哥自己也甩門進房，整個家在兵荒馬亂後湧出煙硝燒盡的荒喪氣氛，三人發出不同聲響，收拾著心緒，只有我和張桂枝若無其事地各自占據陽臺和臥室，自動隔絕在這種亂草似的氛圍外。

我總在想張桂枝聽見了什麼呢？那些極為細小的聲音之中，牠如何在極低的分貝裡分辨聲音，到底是風搔過植物的颯颯聲，還是隔街之外的車聲，又或者是某一戶人家的交談聲，其中有一種，在牠壓低又抬高的耳朵裡，細聽見在這公寓四樓二十八坪小小的城堡之外，有一個牠從沒去過的新世界。

後來我才知道，原來樓上的住戶在頂樓養了貓。

張桂枝在出門探索新世界，隨後尾隨我不必勉強的道路歸來時，以及，牠自己穿過客廳想到陽臺聆聽世界的消息，從落地窗縫消失的背影——我彷彿看見自己每次從家裡收拾東西，躲出門外的樣子。從大學時外宿，有了自己的空間，那時，一切事物都很新，任何事物都等著我命名：書桌，房間，床鋪終於有自己的樣子，不是我從哥哥那裡繼承的，也不是父親母親替我安置的。母親一次打電話來，我不想接，不久又打來，接起，是父親的聲音，隔著電話在另一端暴跳如雷地質問為什麼不回來。我靜靜聽著那暴躁的口吻，想起從小到大從沒我說話的空間，一開始憎惡，還想試圖反抗，後來變成沉默。我沒說什麼，只是默默掛掉電話，把手機調成無聲，看著它在暗夜裡發光。當時的男友問，不接電話嗎，我說不了，我不是一個喜歡吵架的人。男友沒說什麼。後來我們分手，的確也沒吵架過，在我覺得自己日漸流失自我的同時，我默默抽身離開。他發簡訊來，要我好好照顧自己，如果需要幫忙，他都會在。

動物學者研究，在貓的世界裡，所有的人類不是他族，而只是大一點點的貓。

一開始養貓，張桂枝的世界裡只有我，在每個我下課回來的時候，牠都會在門口吆叫，像是在說著，嘿，大貓你跑去哪了呢？快回來陪我吧。直到把牠送到家中，牠的世界不只有我了。當我回家，牠看見我像看見陌生人不太搭理，一開始我有一點難受，後來便也不覺得怎樣，到底牠的世界變大了。當年，我把牠養在我的租屋處時，牠一定也曾想：怎的只給牠七坪大的空間，飼料、貓砂盆、逗貓棒和毛線球，這樣構築的世界未免太小太小。當我因為牠叫鬧，怕牠吵到鄰居，假意彈牠的鼻子作為懲罰時，牠心裡不知道是怎樣怨恨著我的。貿然出走離家的牠，和我，都是在禁錮的圈圈裡，聽見了一點點自己的聲音吧。

同事的貓離開至今一週沒有任何消息，也不知道協尋啟事的效用到底如何。我並不想用「走丟」來形容這種貓離開飼主的行為，只是想著，或許在貓出走的背影裡，只說了一句潛臺詞：「我想看看外面的世界」，而剩下的真實，也許是那哭得死去活來的小兒子要接受所愛終究會離去，也許是那責怪著父親母親總是聽不進他的意見的大兒子要如何處理此等憤怒，又或許，是身為人母的同事，除了愛，也要背負被所愛憎恨的，更強大的愛的能力，或許在張貼協尋啟事之後，有更重要的東西，正等著他們花時間尋回。

走雨

走雨了。通常是陣雨型的天氣，對流的風會把綿密的雨吹出波幅，在地上劃出一道一道雨浪，這個時候，我不會說下雨，我會盯著那些在柏油路上反覆推進的浪花說，走雨。

每次走雨時，我都想像著有隱形的巨人正在城市上方走著，碩大的腳步才能把綿密的雨水推開，在地上留下一個一個的腳印，足過水無痕似的消失在雨漥裡。

看得見的是被推開的雨水，行動的本體，是看不見的。

我喜歡用伏流兩個字，來形容那些我看不見的，在地底下隱隱交會、互相滲透的一切。

以前以為水總是在有管道的地方流通，像自來水管般，水和水以外的物質有溝界分明的界線，於是在我腦海裡，溪河川流，都像是一條一條明渠。後來在地理課學到，原來在地底下的不透水層中，夾著四面八方流來的地下水，於是鑿井取水才變成旱地上突如其來的可能。

你記不記得第一次意識到，在自己和其他兩人之間，突然有一個人不知道發生了什麼事情的那種尷尬氛圍？也許你是知情者之一，也許，你是那唯一一個不知情的人。

在學校分組的時候是最常見的，自然課要做實驗，大家各找各的伴去了。我總是很幸運地，有人會自己找上門來，說要跟我同一組。有時要找三人以上的組別，另一個同學介入我們之間的對話，問：我可以和你們一組嗎？我很想跟你們一起做實驗。

我的利害得失評判總來得慢，傻傻愣笑在那裡，看著原本和我一組的同學繞到那第三人背後，嘴歪眼斜地打暗號，他很笨，他不會做才要跟我們一組啊，直到同學都用大家聽得見的氣音說著：不要！不要答應他！我看著夾在我們之間的他臉色一沉，自打沒趣地走去別組送出入組邀請，我的字典裡突然有一個詞，因為他的身影浮現：落寞。但同學仍在一旁風涼話般地說：你看，反正他也不是真的想跟我們一組，他跟誰同一組都一樣啊。

我笑笑的，沒說太多，好像是小時候就練會了看人臉色的生存方式。但有時都擔心，自己會成為那樣的人，明明對人是這麼熱情的，卻總有一個我不知道的聲音，在人與人交談的瞬間，從我的背後長出醜惡的，帶著利刺的荊棘。

後來我才知道，地理課本上畫的地下水層太單純了，其實這個地底下，因為岩石土壤的密度不同，水在不同的孔隙之間會以不一樣的形式流動著，有些孔隙大，水會直接流洩而過；有些孔隙小，水會以毛細現象的形式滲透。我們看得見的都是有形的河道和河水，看不見的是河道下那些從四面八方，不知道從哪座山頂融雪、哪座森林涵養的溼氣所滲透而來的，地底下的河。有時，新聞裡報導工廠或養豬戶的廢水違法排放，畫面上一陣藍一陣橘的，顯而易見的破壞，但我們看不見的是那些潛伏在地底下的，不知道會從這世界哪裡冒出來的，令人毛骨悚然的，美麗的顏色。

我非常討厭自己被捲進隱隱然的人際關係之中，雖然自己總能側身其間，但在我心裡，一個人就占了一個體積，人擺多了，總讓我在其中進退兩難。A說某件事不要讓B知道，B抱怨了C之後沒有特別囑咐，D知道所有人的祕密，不知道為什麼要說給我聽。最後我都記不起來到底哪些事情該記那些不該，哪些能說哪些不能。到最後我總盡力讓自己失憶，最好，能忘掉事情的全貌是最好的，但我記憶力還算好，只能退而求其次地把一則消息裡的所有主詞受詞都抽掉，變成結構完整，名字帶入誰都可以的故事。致使我到後來總是以為在那裡聽過朋友說的事情，卻總是想不起來主角是誰。再不行，我就會說，反正我都記不起來了。朋友安心地說著誰的誰的事情其實我都記牢了，只是無論面對誰，我都說，忘記了。

故事到最後，都會變成走雨般的浪，我只看見形體，看不見背後的人是如何隱身其中，在一步一步的行走之中，暴露自己的痕跡。

我曾在某一段時間裡，在不知情的狀況下，接二連三地成為第三者，無人知曉的第三者。

當那些抽離名字都相去不遠的他們來時，以為自己手中暗暗藏著的孤獨終於有人了解，便不停向我傾訴這世界的破敗。有些他有著不知道該不該稱為才華的東西，有些他對愛情失望，有些他日日努力工作考照，卻不知道那到底是不是自己想要的。

我傾聽，就像小時候自己找上門來的說要同組做報告的同學，帶著一肚子苦水的他們的可憐相，若是再轉成落寞的身影，我想自己會承受不住那樣的孑然孤寂，就儘量彌補。而當我從社群網路發現蛛絲馬跡直至挖出真相時，一開始我還會氣憤地質問對方，有些人的謊不擇手段地把父母搬出來搪塞，有些人轉身就走。到後來我不問了，是我自己把那樣的關係當成愛情了。

只是我一直沒想透，在這樣的關係裡，我和那些他，誰是嗜血的狼。又或者我和他都是，揣著寂寞當成高貴的孤獨，彼此碰上了，成就的不是愛，是膚淺的激情。那是一場誤會，像誤以為春天來的山谷裡，一朵急著綻放的花，花開之後才發現冬天還在，那剛剛那陣隱形的暖風是什麼呢？

在這些關係裡，我變成一道從未探測到的伏流，我心裡有時候會想起他們那些不知情的情人們，站在陸地上，河岸邊，開心地傍著河流，喝著河岸裡的水，不知道河床底下，有一道伏流正和別人糾葛不清。而我正努力切斷一切支流，寧願自己變成一口乾涸的井。

那些不知情的人，經歷了一場不知情的落寞。不知情的落寞算是落寞嗎？也許就雨過無痕了吧。當我這樣想的時候，就把所有憤怒收起，讓他們好好繼續著各自的，完美的愛情——至少對其中一個人來說是那樣的。

記得有一任情人，我常在他的房間裡過夜，那天他面對著電腦飛快地打字。突然想到什麼似的，頻頻問我，要不要喝水？要不要看電視。剛剛問過的，過幾分鐘後又問一次。那天晚上我起了疑心，趁隙偷偷看著他的對話頁面，他們有彼此的暱稱，聊天內容比我和他之間更像情侶。他甚至跟對方抱怨起我的無趣，偷偷安排著和對方的旅行。

心是看不見的，但是心在或不在，太容易看得出來了。

愛常常比不愛更落寞吧，那時我時常這樣拽著這種戀愛傷心療癒指南書的句子反覆在心裡默念，也常常會想起小時候每次分組的狀況，狀況換成了我是那個被討厭的傢伙，只能拚命安慰自己說：是誰都有被討厭的時候。轉身走吧，反正是走或留，落寞一詞都扎實地背在身上了呀。

後來我才發現，那任情人和對方曾是同學，在我還沒有走進他的生命裡的時候，他們老早就在彼此的生命中了。而對方還有一個女朋友，長得特可愛了，常常不知情地和她的男朋友一起自拍擺上網路。

我告訴我自己，別說，有些詞彙太沉重，我寧願一人承擔。有些廣而深澤的伏流，在你我他都看不見的地底下盤根錯節地交織。

其實我才是那個隱形的巨人吧。

我常常好奇那些看不見的事物的長相，有時候它們必須得依靠外在有形的事物讓它們現形。

只是現形的意義在哪裡呢？

有時我只討厭自己，當時應該，應該要跟那個頻打暗號的同學說：一起做報告有什麼不好呢？或者應該要跟那個低聲下氣來請求同組的同學說，不好意思，這裡不太適合你。最後因為我不敢當任何一方的壞人，卻完整保留了那份看不見的落寞，致使往後的日子都像走雨——我是孤獨的巨人，怕踩著誰似的，越過房子和電桿，人和車，戒慎恐懼地為了離開而行走，偶然的雨水讓我現形：原來，這世界有一種落寞這麼透明，像一口掛著破木桶的乾涸的井，像自我封閉的土層再也不願讓任何水滲透。

很長的疼痛

我非常喜歡和我的牙醫師相處，診間的護士都叫他大蔡醫師，長相有美漫風格，有點像南方四賤客裡的阿啪長了一頭捲髮。但實際上他個性非常溫和，也從來沒聽他像阿啪一樣罵過髒話。

現在的牙醫診所已經不像我們小時候見到的單純肅殺，像科學實驗室純白冷調，還散發著消毒水味。我的診療間反而像豪華私人會館，入門就聞見伊蘭花擴香，木製的裝潢，鋪上毛地毯，每個隔間至少四坪大，放得下診療椅、蘋果電腦、手術工具臺。診療椅附設有線電視、衛生紙盒、漱口杯，一進診間就能如返家一般把包包提袋等雜物放在竹編籃裡，護士會幫我把外套掛上掛勾、在我身上圍上防潑水的圍巾，把電視轉開，示意我能一邊看電視一邊候診。

我的診療排程都是晚餐時間，定頻在旅遊生活頻道的電視，不是播著廚神奈潔拉、型男主廚奧立佛，就是「帥哥廚師到你家」、「美味大口吃，舒心解憂」。食物在電視裡散發勾人食慾的色澤，莫名的和看牙醫這件關乎於口腔健康之事起了拮抗。我從包包拿出工作的稿件開始處理，圈錯字，動語句，五分鐘十分鐘都能潤改文章的編輯職業病。

大蔡醫生一進診間，看到我就問，欸，在看什麼？

我趕忙收起稿件，沒什麼重要的啦！

不重要怎麼會抓這種重要的時間看呢？

太習慣把時間塞滿，害怕自己在時間的河裡漂流，抓到了什麼，什麼就成了救命的舟。丟掉電視裡色彩鮮艷的慾望，抓住工作；丟掉收入不高又瑣碎的工作，抓住醫生和診療的機會；如果身體重構好了，內心也會同時重構好嗎？如果沒有，到時我又該抓住什麼勉強去抵抗流走的時間？

這是最後一次的診療了。

一年半前，第一次進診間時，大蔡醫師非常有耐心地用金屬鉤子似的東西東摳摳西摳摳，跟護士念出一串終極密碼似的編號，A17，A18……，十幾個號碼過去了，他突然問：多久看一次牙醫？我說半年吧，他沉穩地嗯了一聲，就讓我有點懊惱自己沒說實話。

其實是一年才看一次，上次還是為了痛起來了才去看的。他先補了幾個牙，跟護士安排診療預約，此後我就頻繁地找他看牙齒，原因無他：像看牙這種極度親暱、會讓人長時間盯著自己身體某些自己都看不太清楚的私密處看的行為，連情人都不見得有勇氣把這種隱私翻出來給他看的，只能交給既信任，又專業的人了。

牙齒洗洗補補，到最後剩下最難處理的根管治療，大蔡醫師拿著像針一樣的根管清潔工具不斷在我最後一顆大臼齒鑽著。即便打了麻藥，細碎的痠麻感仍然從牙齒根部發酵，在心裡搔癢，像戀愛的興奮又像失戀的傷心，介於中間的模糊地帶讓我錯覺——如果世界上所有的感受都像根管治療，只不過是不小心替自己置入了「戀愛」或「失戀」的詮釋，那麼是不是人類一切的情緒都會變成一樣的感受？

但嘴張得太久了，下巴痠痛難耐，只好猛然舉起手，要醫生給我休息的時間。

他馬上答應，說：「所有痛苦的感覺，都會因為時間拉長而被放大。」拉下口罩，自己也喘了口氣，壓著根管細針的大拇指好像也因為按壓太久而痠痛起來。

他說那句話時，就像一個班上一個愛讀書又有親和力的同學，走過我的座位，替正在苦思代數的我指點一個我忘記分解的因式，霎時間，某些綁死的人生算式就這樣被拆解開來，未知數散落一地。

我想起小學時檢查完牙齒，老師把健康檢查單拿給我，跟我說，要請爸爸媽媽帶你去看牙醫喔，知不知道？

當時乖小孩如我只是點點頭，老師說的話哪能否定呢。一回到家才發現那張單子上得要家長簽章，沒辦法的我只好把單子拿給母親看，母親看了一下，皺著眉頭說，我也不知道哪裡有牙醫，等你爸爸回來再說吧。

工人父親帶著滿身塵土回來，母親和他說起這件事情時，兩個人用閩南語討論哪裡有牙醫診所，就像在討論哪裡有銀行，明天要跑一趟銀行，只有那個年代的人才會把跑銀行當成非常重要得請半天假特地去一趟的事情一樣。聽在當時的我的耳中，牙醫這兩個字就像一個什麼重要性僅次於地方法院的政府單位。

父親帶著我在附近繞，我才突然認知自家附近的街景原來這麼陌生，除了常去的雜貨店、早餐店，街道裡的每個門牌彷彿都是地圖上的一個空白，一無所知的我們，這時才將空白一格一格填上——找到了，是了，以前看過嘛，那個招牌燈箱畫著白色臼齒、框了藍色潔亮外框，不就是牙醫診所嗎？

那時是我第一次看牙醫，牙醫師沒幫我上麻藥，直接拿工具磨了起來。也不知道為什麼我那時真能忍耐，沒哭也沒叫，只是捏緊拳頭，一邊痠痛著，一邊心裡想著父親怎麼不提醒我平常要好好刷牙，結果現在痛成這樣，賭氣地想寧願牙齒爛光光也不要再看牙醫了。

和K交往時的一次約會，出門前我的牙齦就不知道為什麼腫了起來，初冬的天氣我們在北海岸的濱海公路兜風，冷風吹得機車後座的我的牙更痠了。K說，風景真好。我說對呀，卻是深深皺著眉頭說的。

那天我整天咬緊牙根，吃飯時不知道為什麼聽到一些碎裂聲，心裡猜測是不是牙齒掉了，加上痛得沒辦法，K只好帶著我找了牙醫診所看診。醫生處理完我的牙齒，我才稍稍放鬆，卻看到K的神情有些不悅，就像初冬的陰天。我們走出診所，他才有點像是責備我說，以後不舒服要早點講。

K說，你憋得越久，別人也會跟著你越不開心。

父母親是從來也沒看過牙醫的，沒有人教、也沒有學校推廣的年代，盡力把牙齒刷好，預防就是最好的解決問題的辦法。

我猜想這世界有許多自己以為隱瞞得很好的事情，其實別人都看得出來。只是我仍然不知道該怎麼對別人訴說真心的話了，越熟的人，越不想讓他們承擔我的心事；不熟的人，更沒有理由說自己真的感受。這些服務業變成我另一種救贖，髮型設計師、牙醫、習慣去的小飯堂、香氛藥妝店的店員。他們深知我任何習性，但他們不介入我的生活，不帶給我感情壓力，只是用專業解決我的問題，並用他們任何技術——好的牙齒、好的髮型、好的香味、味覺——暗示我：你該好好地活。

去年年底我的臉上開始冒著許多痘痘，想著自己過青春期很久了，該不是為了體內過旺的荷爾蒙而冒著爛痘就置之不理，專心地被工作、失戀、失敗的家庭關係折磨。想不到痘痘越長越多，我不得不重整生活，逼著自己去掛號看皮膚科。診間裡，滿頭白髮的皮膚科醫師用手示意我抬抬頭，轉轉脖子，讓他看看患部狀況。他把視線拉回電腦上，看著我的資料說，二十八歲，壓力很大齁？工作多久？

半年。

壓力很大嗎？

我乾笑不知道怎麼回應。

晚上要好好睡，十一點就該睡了。人的身體很奇妙，他比你的大腦還知道自己的狀況。醫生說完，在電腦慢慢輸入處方，目送我離開診間，他的樣子非常平穩安定，像是瓷玉塑出來的佛像。

我到隔壁藥局領藥，藥師是個燙著花媽頭的大嬸，我才剛進門她就招呼，帥哥，領藥喔？來，藥單健保卡借我一下。她手腳伶俐，十幾個抽屜她看都不看，隨手抽了開，抓了藥膏，推回去，關起來。這罐杜鵑花酸早晚擦，這罐抗生素早上擦，藥包早晚飯後吃，上面都寫好了，藥單在這裡，有問題打電話給我，旁邊有洗面凝露也是這家藥廠的啦，先送你一罐試用的好用再來買。

洗臉的有效嗎？我問。洗多久看得出效果？

你要先洗啊，啊你免煩惱啦，洗一洗，疔阿籽不會生一世人的。

傷痛被拉長，變得更痛，但也不會被拉得很長很長，大概就像比薩上面的起司一樣，拉一拉，總有一個長度就會斷了吧。又或許有些傷痛被冠上不同的名字之後，就只會是一種感覺：如果我把失戀叫做牙痛，孤單叫做敏感性牙齒痠痛，這樣就可以被各種醫師一再修補、復原，人生會不會就不那麼悲傷？

有一次補完牙之後，我咬著牙感覺總是補過的地方稍微高了些，大蔡醫師就替我修飾牙形，再一咬仍覺得高，他又替我修。來來回回五六次，我感到非常抱歉，臉上才剛露出歉意，他就跟我說，人的感覺一直都比尺規還來得精準，不要介意。

我覺得他對病人的感覺，比病人自身還來得精準。

（以下將出現許多醫學名詞，只是誤用以加諸在我無可救藥的匱乏，讓破敗看起來稍微有理可循。）

整形外科診所裡，年逾六十的老醫生靜靜坐在眼前，眼皮垂掛著幾乎附蓋在臉上，像一尊看遍世事的神像。

「要動縮鼻翼手術嗎？」先前掛號時，護士就已經跟他說我的主訴，「為什麼要動縮鼻翼手術呢？」病歷表上什麼也沒有，他盯著護士在表上草草寫下的「縮鼻翼」三個字，端視良久。

「一般來說，鼻翼的寬度最好是與兩眼眼頭等寬，你看這個鼻翼，」我搶先一步說。我用手指將鼻翼外廓和眼頭連線，連出一個梯形，就像一個小學生正對著老爺爺做鬼臉，「你看，這樣顯然太寬了，看起來會有一種……呃……粗蠻感。」

「粗蠻感？」老醫生挑了一下眉毛。

我不知道該說什麼描述這個詞彙，一出口就錯了的主觀用詞，在醫生眼中都是病人自己擅加推理的贅言冗句。

這是一種無法根治的顯疾。

我的視線越過他的肩膀，看到後頭一個精緻的高爾夫球袋裝滿竿子，也許我打擾了老醫生今天的高爾夫球行程，得坐在這裡聽我如何厭棄自己的長相，讓他沒吸收到芬多精，反而吸到堆積數十年的負能量。要怎麼解釋這個字呢？粗蠻感，腦海裡銀魚般游過一堆人臉，宋慧喬、李準基、金秀賢、某一任男友，然後是自己。「總之啊，不符合美感。」我的腦海又跑出一堆明星的臉，最後又是自己的臉，只覺又隨手抓了一個名詞為難自己。

老醫生終於靜靜抓起原子筆當成尺，搖晃著手對準我的鼻翼和眼頭，「你說的也對，的確是太寬了吼。」他不出手則已，一出手，一邊說，手還一邊抖著晃著，原子筆在我鼻頰上輕輕地磨蹭，讓人想起那些傳聞：披著白袍的醫生才是看不見的病患，我懷疑他是不是有心血管疾病？自律神經失調？右手肌肉萎縮？如果這是他執業三十年拿手術刀的手的話，切割出來的線是不是就像餐廳裡用鋸齒刀具切出來的波浪狀紅蘿蔔片？

「通常，縮鼻翼手術有兩種開刀方法。一種是在鼻孔下緣，切除一小部分組織，然後縫合，這樣就能把兩側鼻翼往中間拉緊，縮小鼻孔。另一種方法是，呃，把鼻翼兩側割開，直接切除一小部分，再縫合起來。」老醫生說。

「那，醫生你覺得我要用哪一種？可以兩種都用嗎？」

「當然，兩種都用效果是最好的，但是——」老醫生稍稍睜開眼睛，「你需要這麼多的效果嗎？」

我望著他的眼睛，想到這是第三次在臉上動手腳了，每次當醫生問：你真的需要手術嗎？我會遲疑了數秒，用力翻攪一些記憶，才說：「需要。」我總覺得自己像殉道者，說這兩個字的時候，身體都發燙。

某一任男友曾當著我的面說，你好醜。

他是我死命追來的男友。

那天是寒流來的冬天，他的宿舍裡冷得沒有一件厚棉被可以蓋，他總會說：我不喜歡被厚棉被壓著的感覺，好像會窒息一樣地不自由。

每當我不顧千里之遙，坐火車、換捷運、換客運，花半天時間越過半個臺灣到他租屋處見面，就睡在沒有棉被的房裡。冬夜裡我用熱水壺燒開水，泡著我帶去的茶包喝茶取暖，我把自己的厚外套給他穿，自己多帶了一件裹在身上，鼻水還是流個不停。坐在貼木地板上，我們看著電視播著歌唱比賽節目，一個新住民新娘參賽者穿著一襲紅色禮服，唱著「為你我受冷風吹，寂寞時候流眼淚」。

我往他身上靠過去，以為自己就像連續劇主角一樣有戲，背景還放著主題曲，戲劇化地就讓人哭了起來。

悲情存在在愛情裡多麼順理成章，年輕時仰賴痛苦，是推算著歷經痛苦後，命運會給人一點回報，但人總是錯把形式當成真理來信仰。我著實嘗過甜頭，用卑微換得憐憫，但很快的，我就不把這樣的憐憫當成一回事，總覺是自己受的苦不夠多，才沒換得幸福的極值。

我把頭倚在他的肩上，他慣性閃躲，不想要有任何重擔在肩上，等我尷尬地從他的肩頭滑落之後，他突然注意到我哭了，咧開嘴發出一點笑意說，你好醜。

這不是開玩笑，也不是還會有任何後續驚喜的鋪敘，也沒有說完之後摸摸頭對我說：就算醜我還是喜歡你。

在這句話的後頭是個扎實的句號。

他一向直白，朋友都說他是個沒有心思的粗線條男生，神經粗到整個人就是一條神經，眼睛就像突觸，看到我的臉，就送入訊息，神經中樞立刻判斷，並送出結論到神經末端，脫口一句，好醜。

不成熟的愛情裡，只是計較著何人願打，何人願挨。他配合著演戲不一定舒心愉快；我與人訴說委屈，換得他人悲憫的掌聲和滿足感。我與他總在猜測那條踩破愛情的底線在何處，我極力維護，他一再測試。

但也就這句話在時間線段投下了一個石頭般的句號，彷彿許多年的人生都被砸斷，不能回頭挽救。我愣坐在他眼前，還不認識憤怒的樣貌，只是想起許多年來懸而未決，看起來還有努力空間的事情都在海洋正中心錨定，宣告沒有靠岸的一天——像是從小到大人人都說哥哥長得漂亮、我長的胖胖肥肥的，硬要稱讚只能說：很可愛；在小學時因為短胖身材同學被取了綽號叫烏龜，母親想起來偶爾也會拿來說說笑笑：就你生日卡片上大家都寫祝烏龜生日快樂啊，我還在想烏龜是說誰呢；曾經和幾個人表白但都說抱歉，我們好像不太適合——這些，在此刻終於判定挽救不回來的天生如此，就像人不可能種下捕蠅草種子，長大後長出捕蠅夾，還跺著地板撒氣地問為什麼沒有長出草莓來。別人最多安慰你說，你看，你還能吃蟲子是多有貢獻的事情啊！卻走進花店買漂亮的花，然後說兩句：哼，再有貢獻到底也只是個吃蒼蠅的。

怎麼了嗎？

沒什麼。我臉色一沉，彼此都知道，踩到線了。

睡前，我們用薄被單鋪在貼木地板當成床，再用另一件薄被單蓋，他只有一個枕頭，我就拿了舊衣服捲起當枕，但即便門窗都緊閉了，還是擋不住寒氣從牆壁和地板滲進。他把手探入我的衣服裡，先是給體溫的撫觸，後是用了身體解決彼此的情緒。

性解決了慾望，沒解決我的疑惑。當夜他已熟睡，輾轉難眠的我就起身用他開著的電腦，卻看到他與別人熱切往復聊天的紀錄。

那是我不曾擁有過、也不曾給予他的甜美。

我幾番周折，每每到他的住處，心裡都像裂開了一道口子，每分每秒都有一點點的東西正被身體擠壓，流失。我只好攤牌，而他也坦白自己只是「多交點朋友」罷了。

原來，我之於他，他之於對方，都只是自我最自私的證明，和過場。

我無言反駁，他沒說錯。只是在那之後，另一件事情引起了我的興趣。

我經常偷偷上臉書蒐尋那個男生的名字，看著他有小狗般的瞳孔，尖削而清爽的臉頰，如蔥桿般的鼻梁和精緻的鼻子。一開始看見這些我遠不能及的姣好面容讓我非常憤怒，但是日復一日的追蹤，我不但查出他在何處工作、藉著打卡知道他喜歡吃鐵板燒料理，看到後來，我甚至已經忘記了愛情裡的怨妒，還產生了另一個想法：如果我也跟他一樣，事情會不會有什麼改變？

時間線上的石塊，好像有了搬開的契機。

我拿著打工的薪資，在兩頰打了肉毒桿菌，雙頰立刻削瘦下來。前男友一看到，稱讚了幾句，但我卻毫不覺得開心，只是繼續翻看那個男生的臉書。直到自己和男友分手，才停止這種近乎偷窺狂的行為。

和男友分手時，沒和他說原因，也不忍說。每每偷偷打開那個男生的臉書，我仔細比對自己和他的長相的不同，每發現一處，就像發現了一座充滿各種希望的無人島：如果改變這裡，我的人生會不會通盤改變？我可以減肥嗎？我可以開雙眼皮嗎？我可以冒生命風險削骨嗎？我可以注射肉毒桿菌讓這些不知道來由的細菌吃掉我的咀嚼肌嗎？

我和他的高低位階崩解了，只因為我不再面向仰望著他，轉過身，他就是背後的一塊息肉。

一切的問題，只以我為中心打轉，所有的事件都只是表現在身體上的症狀，當我覺得哪裡出現一點紅腫熱痛不對的感受，那都只是情緒化地把事情抓來當成證據。

我是我自己最要命的疾病。

第一次動整形手術前，當時還是高中生的我天天都用手指硬壓著那過寬的鼻骨，以為有一天能把它壓斷、折進去。母親看到我把鼻樑兩側壓得都瘀青了，不得已帶著我去求醫。

當時的整形手術隨著韓劇風氣濫觴，醫院裡的耳鼻喉科推出治療鼻息肉、鼻中膈彎曲，順便進行整形手術的套裝行程。母親打聽到了，便向父親假稱要治療我的鼻病，幫我安排入院，住了健保病房，實則是讓耳鼻喉科醫生和整形科醫生會診，一次手術再造我的鼻子。

「因為息肉或是鼻中膈彎曲，把鼻夾軟骨撐開、變型，坊間會俗稱這為『青蛙鼻』，就像一隻青蛙趴在鼻子上一樣。」醫院的整形科醫生這麼說，「手術的方式是將兩側骨頭擊碎，再往內壓定。」

我皺了一下眉頭。

確定要做嗎？醫生問。

我點點頭，需要。

那次是全身麻醉的手術，結束後我躺在病床上一句話都沒吭，只是吐了兩天麻辣鍋鴨血般大的血塊，這是手術過程中倒流進胃裡凝固的血。母親看著直要心疼死了，拿著塑膠盆子要我趕緊吐出來。而我卻暗暗欣喜著，事後還跟好多人說這件事，就像布道大會搶著說自己見到神一般，說著自己人生經歷怎樣的痛苦，發生什麼巨大的改變。

有改變嗎？當然有，在這之後交了一任男友，吃定他愛我比較多的弱點，對他頤指氣使了好多年。最後分手時，只是我自己突然發現自己沒那麼喜歡他，其餘的說詞都冠冕堂皇。

這次是第三次手術了，我和老醫生敲定時間，護士請我到手術室裡候著。手術室鋪滿白色瓷磚，冰涼涼的空間裡，老醫生換上手術袍後，仍用發抖的手在我的鼻孔下緣和鼻翼外側沾上顏料做記號，並要我確認手術範圍，切除這麼多好嗎？

好。

再跟你確認一次，需要做縮鼻翼的手術嗎？

需要。

我的身體有火在灼燒，痛苦和愉悅在事物兩側，一體存在著。

護士先替我拍術前照片，打上鎮定劑，並替我蓋上一塊綠布，只露出鼻子。我的身體因鎮靜劑漸漸軟爛，但不至於完全失去知覺，還能透過鼻子附近的孔縫，用眼角餘光看見一點點畫面——是老醫生布滿皺紋的手，但套上塑膠手套後，突然不顫抖了。

一道物體擦過我的鼻翼，肉被切開，他用力拉扯著我的鼻子，短短幾分鐘內切除許多組織，整個手術檯都像大浪襲來一樣晃動，我簡直認不出那雙手和前幾日用原子筆在我鼻頰上蹭的，居然是同一雙手？我聽得見護士在一旁手忙腳亂的拿東西、遞東西，一下拿消毒棉花吸著血，一下遞著不同的手術工具，最後遞上縫合針和肉線，讓老醫生花了半小時才悉心縫合我的鼻子。

護士拿開綠色的布，老醫生看了看，轉身離開，沒留下半句話。護士走來又替我拍了一次照片，要我在白色的房間裡休息一下。

日光燈亮晃晃的，施打了太多鎮靜藥物的我像個只存在著意識的腦波，像《二〇〇一太空漫遊》，在波段與波段之間不停切換許多臉，而身體在失重的宇宙裡被各種重力波拉扯，最終成為一具不知名的星骸，在星域之間漂流，直至被黑洞吞沒。

護士敲敲門，走進房間來，觀察我的狀況，遞上手術費用的收據，並提醒我，她要下班關門了。我稍微清醒時，回想這次手術前，我剛退伍，找不到工作，也沒有任何交往對象，每天睡到很晚，起床到廁所尿尿，不小心照著鏡子時，就對自己生惡。

那時我想，這一切的原因，都只是因為我的鼻翼。

我又砸下了一個句點，我不知道，下一個句點，會是我臉上的哪個部分。

夢境六／前男友的女兒

我變成了大學生，和同學去環島。環島的天氣並不算好，溼度太高，悶熱，卻看不見猛烈的太陽。

喜歡過的男孩意外地和我同系了，騎車載我，加上同學一行人，女孩並沒有出現，但我隱隱覺得她就在某一輛車中，只是沒有被意識指認。

大半天顛簸車程才找到預定的民宿。雖然經營者是一對年輕男女，但民宿並不走年輕風格，沒有特殊主題房型，內部看得出來就是宜蘭當地住家改裝隔間而成的廉價民宿，鋪天蓋地的白磁磚，簡單的木雕樓梯柱飾和手把，日光燈的亮度不夠，照得整屋子都灰灰的。

我們四散前往各自房間，男孩和我同一間房。才放下行李，一個同學就急匆匆跑來，說，幹，我們換民宿好不好？

還搞不清楚原因，他拉著我們進他的房間，指著沒有開啟的電視，說，裡面有東西。

我看著電視倒影，視線穿過幾個同學的反映，模糊影像中，有個男人抱著一個嬰兒，緩慢地搖晃，像是在逗弄嬰兒，要把嬰兒哄睡一般。

同學們不敢轉身看背後，只是驚惶而顫抖著，直到住在這間房的同學破口而出一句髒話，其他同學也跟著罵了起來，一個自三個字五個字七個字，外加連環中指。就連男孩也加入罵髒話的行列，看上去很不像平常靜畏畏的他。

但是電視裡的人影並沒有被罵跑，反而越罵越開心似的，笑了出來。我突然認出那張臉，急忙斟水，一拜，他現出清楚人形來，是前男友，手中還抱著嬰兒。

你怎麼在這？我問。

嚇一跳吧？我不小心就在這了。他沒清楚說明，就和我閒話家常起來，彷彿我們仍未分手，像日常聊天。他突然好意提醒我：這家民宿不乾淨喔！

夢中沒我意識到這句話的弔詭之處，他憑什麼以提醒的姿態說這家旅館不乾淨呢？手中的嬰兒突然從睡夢中伸手動了一下，我問，這是你兒子還是女兒啊？

女兒啊，很可愛喔。他嘖嘴逗弄女兒，突然抬起頭說，我的衣服還在你那裡喔，不過，沒關係，給你吧，丟了也好，該結束了。

該結束了？我沒聽懂這句話。他又繼續提醒我，這家民宿不乾淨喔。

他的眼神飄到了男孩的身上，便對我投予曖昧的眼光。

醒來後，想起多年前住在前男友租屋處的日子，清晨六點的冬天撐著傘去吃魚丸米粉，在廟門口有殘續的香火。一坐下來要了兩碗，放很重的辣椒，兩個人聽著雨聲呼嚕呼嚕喝起米粉湯，腫脹的鼻竇頓時開了，流出鼻水，終於聞到除了魚丸腥鮮味以外的，米的陳年穀子味。接著騎車到武茌坑瞎晃，夜裡看電影，吃夜市裡的潤餅捲，玩彈珠檯。什麼什麼都是好的，唯有那個時刻可以這樣虛耗。

廝混的半夜母親打電話來，我不想接，連響兩三通。接電話吧，前男友說。我嘆氣搖頭，接起來果然一陣罵，放假去哪裡都不回來？家裡人會擔心你知道嗎？我不想知道，掛掉電話像掛掉前世，只要今生，繼續投入男友懷抱。

那些事情就像投胎時忘記喝孟婆湯，真真地顯在眼前，可都是上輩子的事情，不知道哪個神仙抄了下來，落了一本在我這，未曾認真翻閱，但一翻開讀著，彷彿不是自己的事情。

抓癢

從小到大我都深受冬季癢的困擾，每當氣溫驟降，全身上下的皮膚就會開始自己反叛自己似的，立起小小的矛，輕輕刮著他們自己，感覺神經四處燒起狼煙，身體上下每一寸都是戰區。

當大腦越過理智判斷直接下指令，十指大軍出兵鎮壓皮膚的叛亂，雙手早就越過那條季節的線，啊，是冬天啊，一句感悟夾在抓搔與爽感之間，一地皮質角質成雪。

長大才知道居然有一個季節專屬於癢，冬季癢，還未聽說過夏季癢。夏季要癢也是有的，蚊蚋孳生的時節，野地草叢走一趟就滿腳紅疹，但夏季蚊咬的癢卻只是點狀分布，丘疹點點如繁星，抓起來像捏泡泡紙，捏破一個才是一個，但冬季癢卻是鋪天蓋地點線面狀地來，沒有任何一個特定的癢點，無論從哪裡切入都是一個抓搔的好地點，小時候不知道冬季癢的成因，於是抓得一身皮破，四處結痂，在身上留下大大小小的黑色素沉澱活像玳瑁貓。我悔不當初，想著要是當初如果不抓，或許換得一身乾淨清白也有幾分姿色。但才這樣想，雙手又偷渡至彼岸的腳，一抓就無法停遏，到底當不成模特，不如就舒爽個徹底，順便抓破這不切實際的夢。

每每當我開始抓著冬季癢，把腰間腿肚抓得血跡斑斑，母親見狀就會開念：把身軀撓甲「花巴哩貓」，你就是「種」到恁爸，好的不「種」都「種」到歹欸。一連串連珠炮的閩南語長大之後才聽懂，母親說我把身體抓得像花貓似的亂七八糟，這皮膚每每到冬季就乾癢的源頭，還不是遺傳到父親的體質。就連我的內向個性、抖腳習慣、甚至過敏性鼻炎全都栽到父親頭上。

有人說癢是輕微的痛，而抓癢是以痛止癢，便是以痛止痛。因此小時候常流傳在蚊子叮咬的丘疹上用指甲使勁摳出十字，或是用筆蓋用力壓出一個圈，把癢畫叉取消，把癢圈地自限；而抓癢是越抓越用力，越抓越放肆，每一次都在測試人類對疼痛的閾值極限，撓抓之後還直呼爽快。

但到底癢沒有消失，只是痛到無法感覺到癢。

母親越念越止不住我的種種惡習，心裡總想反正什麼壞事到你嘴裡，都是遺傳自父親了，那到底跟你有什麼關係呢？數年後，母親早上起床也鼻水連連，症狀好發於氣候轉變、花朵盛開的時節，見我身體不好仍碎嘴，只是不再說「種」到父親，夫妻之間不互相指責了，只能換一套說詞，說我天冷不加衣，空腹不進食。種種焦慮如塵埃般揚起，就想盡辦法彼此卸責，大家一起疼痛，總比一個人痛來得好。

於是裝睡不醒，掩耳盜鈴，以癢止痛，被我歸類在同一門的詐欺。冬季癢擦上乳液就好，被蚊子叮用肥皂水洗過即可。人彷彿多半時候都搞錯問題，製造錯覺蒙騙自己。這種徒勞的爽感，我似乎常常在心情鬱悶時的速食店裡嘗到這種滋味，起初是天堂，後來是血漬斑斑、或肥胖、或腸胃炎的地獄。

小時候有幾次失戀，讓我陷入非常長的情傷憂鬱當中。朋友一問知曉情況立刻吐槽：單戀哪叫失戀，都還沒開始，就覺得結束。想想是這樣沒錯，反正自己到底沒機會，不如就假想被拒絕後的失戀，沉溺其中，對方注意到了，還問我：怎麼回事啊？不開心嗎？

那一刻，我突然覺得自己的痛，都有了一種渾身是傷的爽感。

舊衣回收

每次打包一袋衣物，走到那畫滿藍天白雲綠森林的回收箱前，就會看到回收箱上面寫著：每回收一件衣物，就省下兩千五百公升的水，相當於一個成人十天的用水量。

我不太清楚這句標語對於一個固定會把過去不穿的衣物打包回收的人來說有多少的吸引力，會走到這個回收箱前的，有人是因為在路上偶然瞥見這句話就怦然心動地一邊打包一邊想著自己省下幾個浴缸的水嗎？還是多半的人都像我一樣，某天衣打開自家衣櫃，即便衣物沒有像野原美冴家的壁櫥一樣一打開就山崩似的掉出被褥和雜物，也會看著這些衣服像翻自己的老照片一樣，對於過去的自己感到莫名羞恥且無法接受。每每撈出一件衣服都要想：天啊我為什麼要買這個。這句話彷彿在對自己質問：天啊我為什麼要這樣整自己。

比方十五年前的頹喪世紀末到清新世紀初，卡其七分短褲，強打材質輕便，自然俐落，男生女生小露腳踝多麼清純可愛，品牌找來劉德華王菲代言，搭上純色T恤或POLO衫，從自家闔上書走出房門就能逛街壓馬路，形象太親民，小清新。時尚本就追逐彼此，直到所有店面都有一件過膝七分短褲掛門口當招牌，彷彿昭告大家「這裡也是平價衣店喔」，遂分不出與品牌與品牌之間的差別，十多年品牌後全面撤臺，而我挖出衣櫃裡歷史遺跡般尚留的一件，一件霉斑布滿再也無法還原的織品如毀壞的時間。然而這件七分褲再也沒穿的原因不是他，是我自己身體太會流汗而衣料又太輕薄不吸水，坐在教室椅子上一節課後臀跨全溼看著就像不敢跟老師說要上廁所的小學生於是索性當場解，放尿褲子般地流汗，只能雙手墊在屁股下通風，課堂上頻頻換手支撐，右手抄筆記左手墊屁股，抄完筆記換右手墊屁股，十分困窘。人家華神穿是清新自適，我穿怎的就侷促窘迫。於是從衣櫃裡一抽，丟掉一件青春期的尷尬。

但那時刻我並不明白，自己的身體並不Fit流行，只是用自己的零用錢，勉勉強搶把流行Fit在自己的手裡。

又或者網路購物興盛的十年前，平價品牌在實體店面和網路商店上打得難分軒輊，男友A一日送了一件照片轉印短袖上衣給我，照片是飄撇刺蝟頭外國男子側影，裸著上半身，正用打火機點著菸。那時野狼系男子正是當道，浪蕩不羈不只女生愛，同志亦然，在張孝全仍是《盛夏光年》、《沉睡的青春》的男神時光，短髮、銀飾、菸、書和短袖，組構成狼系男的必然模樣。我非常喜愛那件上衣但不常穿，一來覺得衣服難得，男友A又總愛保持神祕，故意不讓我查到這件衣服的來歷價錢；二來覺得自己和那樣路線的男生有太大的差別，偶爾穿上一次就得替自己抓髮蠟、戴項鍊，即便心裡尷尬異常也要說服自己要當一日的野狼系男子，但怎麼看都像裝狼的忠犬系。後來發現那衣服在五分埔或夜市裡尋常見，拍賣平臺省下店租賣得更便宜。我把衣服抽出來打包回收，原因不是覺得逝去的戀情不堪回首，現在一想其實衣服穿在自己身上挺尷尬的，一來我不夠野，二來我不夠壯，撐不起那過寬的版型，只顯得身體和自信一起單薄了。

後來的男友Y不愛逛街購物，也不喜歡在店裡試衣時的穿穿脫脫，於是委託我在網路上那日日下殺幾折幾折，三件五九九、六九九的網路平臺購衣，指定要買那幾年時興的法蘭絨格紋襯衫。說格紋是經典百搭，內搭T恤就是大學生青春氣，戴上眼鏡就是學院風，一點可愛，一點乖乖。而格紋襯衫花色跟青春一樣，色譜排開，底色與紋線相近顯得低調素淨，若是互補色就顯得活潑跳躍。我細心挑揀，三件六九九的特價挑了六件，當年男友卻只要了一件，說是一件夠穿，其餘的你可以退。此時我看著那五件五顏六色的格紋襯衫只覺得色盲，過多的愛讓人盲目，看不見別人想要的。成衣工廠總是把衣服版型做得過大過寬，後來只得拿去給一家一坪店面的阿姨修改出腰身，趁著青春又穿了好一陣子，但今年突然也不覺得自己能再裝可愛了，襯衫穿在身上，一點尷尬，一點怪怪，只得抓出來列為回收的行列。

在回收衣物時，得經常靜悄悄地不發出任何聲音，唯恐父親母親聽到了，會本著愛物惜物的老派美德，過來跟我搶打包好的紙袋，從玄關一路拉拉扯扯、擒抱捉摔又抓回房內衣櫃陳列。他們的世界少有免洗觀念，免洗碗筷出現的年代仍習慣用橘色綠色塑膠碗搭鐵湯匙吃麵線喝羹湯，結婚時的西裝僅只穿過一次捨不得丟，封鎖在衣櫃裡只待兒子結婚再重出江湖（有這一天嗎），免洗時尚？時尚也能像免洗筷一樣嗎？對他們而言穿過一次就丟的，大概只有午後暴雨臨時在超商買的輕便雨衣（不，這還能穿第二次，第三次），還有衛生所索取的家庭計畫保險套。

事實上父親是最常把我的舊衣服揀去穿的人，那些放在衣櫃裡發黃生黴的襯衫，他們總有耐心把衣服浸在漂白水衣領精裡七天七夜再刷得白淨無暇，不顧過窄的版型也要在圓肚子上繃起衣物扣上扣子穿；或者是那些有著奇怪標語、版型過大的印字T恤，也被父親撿走自個兒穿搭，一回我就看著父親穿著印上「clovers bring good luck」的上衣去國小運動，看上去不知怎地好像他運動完就會跟那些國中生一起進小文具店挑可愛筆記本或心情小卡。

每每把衣物帶到回收箱前，我都是抱著歉疚的心態，那省水兩千五百公升的標語並不讓我獲得一點小確幸，倒是提醒了我當年的浪費，不管是水、錢、或者過多過於自滿的愛與給予。時至今日我已經非常少為悅己者或悅人者添購衣物，那個心情不好就想逛街大花錢的年紀似乎也過去了，那些免洗的時尚一件一丟，總是提醒我被時尚甩在尾端。而毫不在意這些的父親一日穿起了我十五年前在Hang Ten買的黑色長袖襯衫，甚是好看。有一些東西是能穿越時間的，我猜想不是水，不是錢，不是情愛裡的迷惘，當我把衣服放進回收箱裡，聽見那沉沉的咚的一聲，那些衣服似乎就穿越了某個時空，進去一個我不知道的地方，清空現下的時間。

開車進不了臺北城

父親說，開車到不了的地方，不是天涯海角，而是日日通勤往返的臺北城。

建築工人父親沒有週休二日，晴天上工，雨天才休息。平日與孩子沒有交集，放假的日子也總與孩子錯開，好不容易大家賦閒在家，他得抓緊機會，走十分鐘的路程到三個路口外的小巷子取車，把車開來，在樓下按響兩聲門鈴催著全家下樓。

那兩聲難聽又嘈雜的電子門鈴，一直都是我最期待的聲音，在漫長的童年裡，久久才響一次。

我趕忙下樓，看見銀白色房車噗噗噗怠速，巷道對面畫上白線的地方不知又停滿了誰家的盆栽和交通錐，氣惱著這些盆栽老是讓父親得把車停得好遠好遠，就用腳把上頭隨意種植的銅錢草、馬齒牡丹踏平洩憤。父親把平日粗工工作的家私往後車廂搬，拿抹布擦去沾滿椅套的泥沙塵土，費一把工夫收拾好，盆栽也被我踏得實平了。

孩子爬上車，駕駛座上的父親戴著購車隨送的遮陽棒球帽，轉過身來說：欲去叨位？

兄弟二人聽聞此言，就興奮得把腦海裡想得到的遊樂場所全當成建議：去兒童樂園（當年在圓山的兒童育樂中心）、去森林公園（一九九四年開放的大安森林公園）、去看侏羅紀公園（是電影院林立的西門町）。父親皺眉搖頭，不發一語。我本著任性想再拗一陣，但哥哥早就放棄，一副早已經司空見慣又難掩失望的表情，將手枕於腦後，等父親接下來的一句話。

臺北城進不去。

我不懂父親說的臺北城和我認知的臺北市有什麼不同，而且為什麼會不得其門而入，只一陣胡攪蠻纏後，父親終於踩下油門，風景動了起來。在還沒有導航和google map的年代，母親翻看地圖，父親跟著路標，同一條路，兩個人經常各自表述，一路將開車的戰場延燒至家庭婚姻婆媳關係，便誤打誤撞地從甲處來不及停下乙處直達丙處，圓山繞過大安開到了西門町。

可以看電影了嗎？

怎麼可能。

自家住宅區車位難尋，更何況是市中心繁華之地，但凡大小道路只要能停車就算是臺腳踏車嬰兒車也能畫上各種色線——紅線停不得，白線停滿車，黃線更是陷阱，停不得，父親那個某某朋友不就以為能暫放一下遂吊著心臟看完一場電影，一出戲院就車去人空，遠遠看到地上粉筆寫著拖吊場連絡電話一片紅字，電影再好看但看到此情此景不由得也忘記電影有多震撼。

在銀色房車的更多年前，公司配給了父親一輛大卡車，車身足有一般小客車的三倍長，是用來載運釘板板材用的，也成了父親的代步工具。

這輛大卡車拉風得很，我第一次見到它時，一樣是在兩聲電鈴聲後，父親吆喝著要我和哥哥上車，但駕駛座狹仄，只能擠兩個人，父親索性將我和哥哥抱到沒有遮棚的後頭，把四片不到三十公分寬的橫板拉上栓起，看上去，兄弟二人就像兩顆小水果不合尺寸地裝在一個大箱子裡上路。

大卡車氣勢不凡，一坐上去立刻就感受到何謂南面稱王、帝王之姿。父親催下油門，我和哥哥就一路吹著大風，甩著飄逸的秀髮，皇帝出巡般不停向後頭的車子般揮手致意。若換算在古代，也是有八人轎輦的氣派——如此，就進得了臺北城了吧！

不，當然不行。

五分鐘後車子停下，一回頭果不其然，警察先生關心後座兩名幼兒程車的安全，不得不略施小懲，開個單，並把我和哥哥塞回前座。我那時還小孩尚能於母親襁褓懷抱，哥哥可就倒楣了，坐在手排排檔上，父親一檔換二檔二檔換三檔頻頻敲得他大腿內側疼痛難耐。

大卡車進不了臺北城。騎野狼，總可以能進臺北城了吧？

父親也曾擁有一臺穿過山林，越過綠野的野狼一二五。他戴上墨鏡，跨坐在野狼上頭，載著當時仍是女友身分的母親兜風。約會男女形象鮮鮮如墜，但一結婚，孩子一生，車背上的帥哥　女變成父親母親，中間夾了一個哥哥。我則被父親抱上油箱蓋，他用厚實溫暖的手臂環住我，不讓我在一個過彎壓車摔落至地。但只要野狼跑的時間一久，油箱蓋燒得如熱鍋鼎沸，而我就是鍋上的肉塊，嘶嘶燙得半熟。

四貼的車子果不其然才過了基隆河，進了松山區，警察義交小巷伏擊，就連路人也對這顯場面側目——太危險了吧！父親只得偷著夜裡載著一家四口，月光照路，去了三仙臺看曙光，阿里山看星星。父親趕忙用當年捲底片的傻瓜相機拍了天涯海角的證據而如今，照片呢？

拿去交暑假作業了。

暑假作業呢？

回收了。

沒有體力再次踏遍天涯海角的父親只得拐回臺北內湖自家，難得的假日聚攏一家人開車出門不能往臺北城，只能一路踩著油門，風景漸漸杳無人影，一片蒼翠，峰迴路轉的山路繞得我暈頭轉向，吐了一車。哥哥碎語一句，又來了，又只能爬山了。

爬山不好嗎？爬山很健康啊！車終於開到碧山巖，眾人爬幾百階樓梯氣喘吁吁才到廟裡，父親戴上墨鏡靠著欄杆眺望當年還沒有臺北一〇一的盆地，其姿態，就像在拍偶像劇；而一旁兄弟二人窮極無聊猴子般橫衝蠻撞，發現望遠鏡像發現新世界一樣向母親討要幾個十元硬幣好奇投看。知道這次出遊又要在爬山參拜的進香行程中結束，不死心的我試著在鏡框裡找父親所說的臺北城的痕跡，想看看到底是哪一道牆擋住了父親，以致連車都開不進去。遂將鏡頭緩緩轉動，撇開山丘，看見基隆河切開內湖和松山機場，再過去就是都市裡頂樓加蓋，比鄰著的鐵皮閃閃反射著陽光，越往西邊看去越是高樓，幾幢摩天大廈像天地間的柱子戳穿了畫面。

臺北就在那裡，母親指了指臺北車站和新光三越大樓。

但鏡頭拉回來，到底沒見到想像中方方正正的土石城牆，就連一道柵欄也沒有。

城呢？擋住父親去路的城在何處？找不到城牆，也就不能像踩著門前盆栽花草般把城踏平，讓父親帶著我進城去。

我和父親之間，有一道隱形的城築了起來。

捷運板南線通車後，國中同學一通電話撥到家裡，電話中說著幾點幾分哪個公車站牌集合。我抓了零錢出門，搭公車，轉捷運，在地底高速移動的車廂中，聽見一個又一個陌生的站名複誦著，青春期的我難掩興奮，想像等等就會碰到城門關閘，脫口便問現在是要去臺北嗎？同學聽了覺得奇怪，無情笑說，一直都在臺北啊！你第一次出門嗎？最後在臺北車站出站時，摩天樓、招牌、各種標語和五色行人，四面八方湧上來的新穎灌得人喘不過氣。同學把震懾住的我拉著走路，逛起街時卻又像脫韁馬般四處探看，把每個櫥窗壓滿自己的指紋和五官形狀，頻頻問著同學這些認識的英文字母拼起來卻陌生的單字各是什麼意思。同學指指招牌說，吶，那個N是賣運動鞋的，那個S是賣手錶的，那個J是賣背包的。重新拼湊起字母，我才發現同學身上早就穿戴過這些記號標註過的美麗事物，而我身上穿戴的是母親買來的大批發成衣。

進城這麼簡單，只消幾個銅板，就能讓人在地底暗暗穿梭，直達繽紛的城裡。

此後假日我都和朋友出門廝混，軌道和輪子摩擦發出疵擦尖叫聲亢奮而叛逆，聽著就是青春該有的聲音，而不是山林間跟山路一樣連綿蜿蜒的蟬聲。

幾次父親好不容易逮到機會，一早就走好遠的路把車開來樓下，收拾一車子家私，按按電鈴，問我要不要一起出去走走，想去哪裡就開車去。
我嘟囔著嘴，置之不理，揪著新買的悠遊卡閃身而過。背後的父親追問：欲去臺北喔？
我沒回應，搭上捷運，進我的城去。
此後，嘈雜的電鈴再響起來，就真的只剩嘈雜。漸次忽略後，終於也不響了。對門盆栽幾經幼時摧殘，數年置之不理任其生長反而茂盛，長得妖嬈。
交了男友，就更不想事事與父母報備，出門前父親問，去臺北嗎？我不知道怎麼說謊，只能保持沉默，知道內情的母親叮囑關心，多添衣，早回家，把我推送出門。我直奔下樓，打開車門，坐在副駕駛座上，駕駛座上的男友不像父親會問他要去哪裡，也不吹噓天涯海角都能帶他去，只是溫柔推著方向盤，開往早就安排好的行程中。
關上車門像關上城門，父親被我關在城外。男友的車上了高速公路，往高架橋下一看，一條河不知道到底是將臺北和內湖切開，還是把我和父親切了開。

有時深夜手機響起一接，父親劈頭問，你在哪裡？不回來就別回來了！話語惹惱了我，遂張著性子回他，以為我沒地方去嗎？悻悻然掛上電話，電話再響切掉不接。男友幾經勸說，安撫情緒，把我載回家，車才停在樓下，還沒按門鈴，門就自己被按了開。上樓時，推開敞著的門，暗夜裡，父親坐在客廳，神情被神龕的桃紅燈照得憔悴。

不是不回來，怎麼又回來？

我無言以對，洗漱也略過直接倒在房間裡，用手機傳簡訊給男友說晚安。會對著手機螢幕說晚安的男友換了幾個，父親仍深夜座於神龕前等門，有時不放心我更在半夜出門，顧不得停車位等等就被占了的開車去找。一回我在夜店喝得多了，自知不勝酒力也要留下來玩，朋友卻都散了，在險些醉成爛泥前我急電回家，只報了大概地址，沒說更多資訊。父親打開紙本地圖，在棋盤格狀堅硬的路名與路名之間搜索，開車出門，到了店門沒位子停車，只得一圈一圈地繞，繞到我稍稍清醒，能接起電話，手腳並用學步般地爬出店外，開了車門，卻又吐了一車。

你不是說臺北你來不了嗎？怎麼又來了？

父親不說話，直直把我送回家中。

一次尖峰時間搭捷運，月臺裡塞滿了人，沿著白線排隊的人群中站著三個工人，身上沾著塵土，各自背著一袋家私，不敢隨意移動轉身，只能等著車來，開門，他們一邊說著不好意思，一邊把自己塞進車廂裡的最角落，小聲的用閩南語說著沒有車子真是不方便，明天天氣又會這麼熱這些話。三人分別在三個站下車，走出門時，他們閃躲著其他人，而其他人亦閃躲著他們。第三個工人出站時，明明還背著沉重的工具，表情卻像是卸下了千斤重擔般，終於自在了。

那一瞬間，我想起父親背著一袋沉重的家私，裡頭裝著電鑽、鐵鎚等數不清叫不出名字的工具，受雇於出錢的資方，看建築師的藍圖，聽工頭的指揮，把臺北蓋出一座城之後，他像那些風雨延日下吹晒刻虐的鷹架和綠色圍籬一樣，直至功成身退，訕訕退出城外，讓這些光鮮亮麗的符號進駐城中。

是他蓋起這座城，又被城阻擋在外。

父親退休後，哥哥跟他要了車子，將這輛從不進臺北的銀白色房車開進臺北城工作，我也日日通勤搭捷運進城。父親至此沒有按兩聲電鈴的理由，有的也只是倒完垃圾，在樓下按兩聲電鈴，孩子疾步開門隨即又躲進房內，迎接父親的是晃蕩的門板和樓梯間昏黃的燈。

有時他會說起當年的內湖還不屬於臺北市的年代，四處都是田地和水溝，要上學得走上好大一段路，涉過渠道，撥開樹林欉棘才能到得了學校，漫長話語儼然一段先民開發史；而火車站周圍與東西南北四門連線半徑所圈的繁華之地，有百貨公司，有戲院餐廳，有乾爽的柏油路和整齊的行道樹，那才是他們的臺北城。

他們也曾進城過，但久不進城，城把他們拋棄了而他們亦拋棄了城，自己也在城市的角落築上一道牆，寧願把記憶保留在三十年前騎野狼進城到西門町吃雪王冰、看電影的泛黃年代。

我從燒得熱燙的野狼油箱上頭慢慢爬下，下車的瞬間三十年過去，回頭看見父親原本西裝油頭如今都已白髮蒼蒼，太陽眼鏡換成了白內障手術後戴的特殊針孔眼鏡，粗厚溫暖的手掌控制著全家人的方向而今蒼老起皺了就也慢慢放下舵頭，只能提起菜籃和拎走垃圾袋。在車子與車子更迭之間他的走過的路越來越多，卻越來越近，直至現在沒有一臺車供他驅使，他蝸居家中，日日等著兩個孩子經過那些他不想停步的紅線和等不及的紅燈，出臺北城，過基隆河，回到他的身邊，吃他做的飯菜。

還在臺北嗎？晚上要不要回來吃飯？

我趕忙返家，卻見一屋子人去樓空，半晌才聽見鑰匙鈴啷碎響，門一打開，父親背著運動背包、母親穿起紅色帆布鞋，兩人提著淡水老餅店的鳳梨酥餅、沙琪瑪，戴著動物園的大象帽子企鵝帽子，買了一打鶯歌陶瓷杯，還在西門町看了一場電影，買了N牌的新鞋穿，他們像出門遠足的小孩子剛回來，看見了我笑得訕訕，笑得傻呆。

回來啦？馬上煮晚飯給你吃。

他們放下手中大包小包，進廚房裡料理晚餐。我看著那張敬老悠遊卡，彷彿一張通行證，帶著他們走遍老了之後的天涯海角，走進我的小小心城。

是的，總有一個地方開車到不了，總有一個地方父親不能豪邁轉動他的方向盤帶著孩子去。而剩下那條通往未知繁華城的泱泱大路，他要笑著看著我，好好地走。

夢境七／字幕

一日夢見父親載著我和母親出門，母親下車後，一輛車橫撞上她的腰。我趕緊打電話叫救護車，但不知道為什麼電話接到了莫三比克還是馬紹爾群島之類地方講著我不知道的語言讓我慌張得哭了。躺在一旁奄奄一息的母親安慰我說：沒事，我覺得你做得很棒了啊，有自己的生活和工作，唯一的遺憾就是我還沒見過你現在交往的他。

醒來之後，第一件想到的事情是她月前閃到腰，第二件事是她大半年前就一直說：什麼時候要把他帶回來給我看看啊，不然給我看看照片也好嘛。但其實她老早就看過照片，但就是要假裝失憶，反覆確認兒子有他自己的安穩人生。

夢境太驚悚，且我總疑惑為什麼莫三比克的接線員講電話時，夢境底下會出現字幕寫著：抱歉我聽不懂你在說什麼。接線員還跟隔壁的同事指指話筒，問同事：你聽不聽得懂中文？同事一臉黑人問號地說：誰會去學全世界最難的語言啊？我的潛意識對我真是殘忍又貼心，在我求援無門崩潰大哭時，出現中譯字幕。

接線員並沒有用不知名的語言，對著電話中的我說：不好意思我不懂你的需求。並掛上電話。他反而也著急擔心起來，對同事說：我知道很麻煩你，但他聽起來真的很需要幫忙。

同事聳聳肩，從背後的大鐵櫃中抽出一本國語字典，翻開目錄，自注音索引頁開始查閱。真煩啊，誰會去學全世界最難的，語言。

字幕消失。夢境結束。

擔心腰閃到的母親，於是撥一通電話給她，問她腰有沒有好一點，她呵呵笑說，哪有好，還是很痛啊，口氣像小女孩一樣在撒嬌。那時她正在車上，父親開著車，吃完親戚喜酒，剛到家。沉默數秒，我隱然看見底下的字幕是母親又要跟我要照片了。

那些明明知道的事情，總是被人選擇性地避而不見，變成了一串字幕，擺在底下。

母親果然說了，什麼時候帶他回來，不然給我看看照片……

我允諾母親，會啦，我知道你在說什麼。

我的貝殼

最喜歡的廣播節目聽了十年後停播，而我一次都還沒有call in進去，那一刻，我再一次意識到，沒有一個隻字片語能精準描繪當下的青春，而人所言，青春，是一種過去式的語句描述。節目還在的時候，總想著以後還會有機會打電話進去，於是一次次錯過機會，直到再也沒機會了才恍然驚覺告別之必然。

當我說青春二字，總覺得是在說再見。

每次聽廣播的時候，總在猜想這個世界有誰跟我一樣，在無人知曉的世界一角裡默默打開收音機，竊取收音機另一端的時空，主持人、音控、特別來賓不會知道我是誰，我卻像個隱形人一樣，默默跟隨在他們的時間軸旁，而在我之外，還有好多人也不露身形地跟隨著。

聽廣播的人是不是都特別喜歡這種既隱藏又竊取的感受？不是刺蝟理論延伸至描述現代人在社群網路上既孤單又需要保持距離地取暖那樣，有心無心地刷個存在感，聽到討厭的話就憤而從留言串裡離席。大半時刻我們只聽不說，在心裡建構自己的世界，並不太愛跟他人互動，產生關係。

很小的時候我就開始聽廣播了，家裡唯一一臺收音機，是因為在英文補習班有一項錄音作業而買的，我必須把空白錄音帶放進錄音機，念著指定的簡單會話錄音，再交還給補習班老師。那時家中有各類錄音帶，江蕙的，張雨生的，費玉清的，但歌曲聽多了總讓我覺得膩味。一次手癢打開收音機調頻，拉起天線，發現有好多人滔滔不絕地講著各式各樣的話，有的念著廣播劇，有的談論政治，有的賣著痠痛膏壯陽藥，那些隱藏在清高道學以外，不能言說的，遂變形轉化成電波，在撥動調頻齒輪的一刻又一刻，試圖尋找正確輸出端口。

那個小小黑色方盒，自此變成我的魔術故事箱子，二十四小時都有人說故事給我聽。

小時候最期待的是整點時刻，一陣鏗鏘有力的配樂後，主播念著我完全聽不懂的新聞，聽得懂的只有氣象預報。之後，夜光家族就打開門了，主持人光禹身兼作家一職，家族朋友每每打電話進節目，總是滔滔不絕地說著讀書心得和感謝。小時候的我對太過溫馨的場面還沒有戒心，沉浸在那樣溫暖的場域語調裡，總也是祈求多一份屬於自己的溫暖，安穩地睡去，直到隔天早上被晨間ＤＪ朝氣的聲音吵醒，再重啟一天的日子。

國中時我需要更多樹洞，尤其愛聽音樂愛情故事，這裡說的，不是二〇一六年的《滾石音樂愛情故事》，而是廣播ＤＪ不知道哪裡蒐羅來的愛情故事，襯著流行音樂念的，一男一女分飾兩角，加上旁白敘述。大半的故事都是悲劇，若不是男女主角一場誤會錯愛他人，就是命運拆散你我，留下當初的瓶中信或音樂盒等信物，兩人再回首相遇時，命運安排兩人走向兩端。那時我便意識到故事的力量——即便是可以在便利商店買到的言情小說那樣的俗濫，卻並不俗不可耐——相愛的兩個人被寫手捉弄，不能偕老，就讓我為了這樣的壞結局躲在棉被裡偷哭。

愛情即使是贗品，也有它觸動人心之地。

又或者，我那時早知道每一則故事都是悲劇，卻又愛聽，聽著人在命運裡離散，我哭是為了替自己的寂寞濫情地掬一把顧影自憐的淚。

後來追聽十年的深夜節目吵鬧，混亂，主持人常有一搭沒一搭地聊天，接call in，在每一天的最一開始祝聽眾生日快樂，並把外文歌曲翻譯成中文搭著原曲吼唱。曾被家長投訴的節目，也是屁孩最愛聽的節目。國中生孩子們最喜歡在段考前一天晚上打電話進節目，緊張兮兮地說書都沒念，背後家長一句「你在，跟，誰，講，電，話」，嚇得學生急忙切斷，留下節目空放嘟嘟嘟的斷話提示聲，以及幾秒後主持人和收音機前的我的爆笑。現在想想，在這樣重要大事的前一晚反而大玩特玩，或是把房間整個翻過來大掃除的心態，大人也好不到哪裡去。主持人此後只要再接到類似明天要考試的電話，打來問能不能算塔羅，能不能集個氣，都只會被主持人一句：要考試不去念書怎會考好，掛掉電話，消極打發。而想必被掛電話的孩子，一定還是守在收音機前，拿課本當擺飾，聽著那雲端時空的聲音。

當替代役時，學校宿舍裡沒有電視、第四臺，3G網路和學校wifi都收不到，我就聽著廣播，數日子過去，那是在空無一人的深夜校園裡，唯一覺得這世界還有人存在的方法。當年，我還喜歡聽一位心理諮商師的廣播節目，聽眾打電話進來，多半是把煩惱丟進節目裡。一開始聽節目時，我就像那些亟欲探知煩惱完整樣貌而移除的聽眾一樣，跟著諮商師一起追尋情緒的源頭，節目聽久了也多少知道，煩惱多半藏在自己的話語背後，而自己通常毫不知情。聽眾打電話進來時，偶爾我也能點出那些聽眾在回娘家、分手、紊亂的職場問題背後，到底為了什麼問題而焦慮。我在收音機的這頭，替自己和諮商師有共同想法，小小地得意了一下。

在半寐半醒之間，故事與故事交織成巨大的夢城，我未經任何人允許鑽進夢的鼠洞，竊聽世界的形狀，為了這些聽來的破碎又離散的傾訴，感到非常非常安心。

我不是奇怪的那個，大家都很奇怪，就不足為奇。

聽說，世界上有一種宗教，它有一項鐵則是「不准教徒傳教」，要讓這個宗教慢慢地自生自滅，像缺水的植物一樣萎縮。

想當然爾，這個宗教並不會蓬勃興盛，但令人意外的也沒有滅亡，因為總是有不知道哪裡冒出來的人要入教。我總是記得，我最喜歡的廣播節目有高中生打電話或寫信來說想進入廣播業，而主持人拚命阻止，因為這是個日漸萎縮的行業。但即便大聲疾呼，力挽狂瀾，卻也阻止不了那些因為曾經在深夜裡聽到一首歌，一段介紹，一個愛情故事，一則廣播劇而感動不已的人們，為了尋求一個共時的慰藉，打開廣播，安靜地聽聽同一時間點的彼端，有什麼人，說了什麼話，發生什麼故事。當直播、網路影片，社群動態興起的時代，時間總是被各種事物塞滿眼簾的此刻，這個世界有很少數的人，想要關上眼睛，關掉自己的身影和存在，只把廣播當成自己獨一無二的貝殼，聽時間如何在調頻和電波之中小幅擺盪，變成時間的海。

我們都是一艘一艘看不見彼此的船，在深夜的海上晃漾，入眠。

後記／合照

二十五年前，第一次拍全家福。

二十五年後，又拍了一次。

前前後後自顧自寫了數十年，變成了書稿，交付出版。一本家族之書總該附上幾張老相片吧，問了母親自櫥櫃裡蒐羅出老相冊數本，說著老古董了，想不到還有機會拿出來看。將相片交予編輯，他想出影中人、影中物重新翻拍，作今昔對比的製作方針，要我問問家裡人意願。

這件事情著實困擾了我，困擾著一個從小到大不曾跟家人有過任何要求的我，不知道如何開口說：我想請你們跟我一起合照。

一日返回舊家，睡前，我在主臥室前鬼祟探望，看見母親拿著自拍棒夾著手機看劇，父親也用手機聽著音樂昏瞶欲眠。小心地走進他們正該是最舒服私密的時光，看著母親拉整著連身睡衣下襬，父親睜眼問我什麼事。

我顧左右而言它：有衛生紙嗎？房間裡的用完了。

有，當然，你要幾包都給你。父親奮然起身，自床頭櫃翻找出各種不同折扣特賣時買的各式抽取式衛生紙包遞來，坐回床上，他本以為我轉身要走但沒有，父子彼此對望幾秒，我欲言又止地站在門口。母親眼見不對，搭話上來緩衝：有牙刷嗎？有洗面乳嗎？

有一件事要麻煩你。我說。

像是有什麼將要發生，父親正坐起來，母親拉下老花眼鏡，視線都移到我身上，擔心著這個兒子平時不說話，一說可能會是天大壞事般的凝重氛圍裡，我才仔細說明原因。父親與母親，各自為了自己擔憂的事情鬆了一口氣，父親毫不遲疑地點頭應允，戲劇化的豪氣口吻說著：好啊，為了你，我什麼都答應。

當天哥哥其實也在家，但我總也不敢敲他的房門直截了當地對話。腦補地猜想他工作繁忙，就算願意也未必能抽空前來。我在心底反反覆覆這樣說服自己，好像自此就不必面對被他拒絕的窘境。但我著實無法抹去他，如同我無法抹去自己的成長與記憶，隔天仍翻開通訊軟體的好友名單，點開那從來沒開啟過的對話視窗，客觀地打字，說明拍照動機、時間、地點、行前須知，就像發送一則公文或公關邀請函般斟酌。唯一有人味的，就是補上一句：全家很久沒有一起拍張照了，如果你來，我會很開心，也很感激。

訊息一直未讀，在我差點放棄前，哥哥送來訊息：好啊，但是我會晚一點到，特休假不夠用了。幾分鐘後又補來兩句話：「講話這麼客氣幹嘛，還以為是哪個廠商找我。」另一句：「切。」

是我們這些七年級前段班的流行用語，彷彿我們仍停留在《麻辣鮮師》的時光裡，用著正方形磁碟片，最棒的節目抽獎贈品是CD隨身聽，「切」或者

「ㄘㄟˊ」則是「原來如此」的同位語，附加了不屑的情緒，避免自己矮人一截，趨於劣勢地接收資訊。哥哥好像一直都沒變，拉不下高高的姿態，但其實非常在意。

父親母親也沒變。

變的是我，變得遠遠的，漠漠的，故意地背景化，偽裝成花圃裡分不清是誰是誰的一株小花，假裝與這些人沒有干係，卻總是向著他們如同向著太陽。

兜攏一票人，總算可以完成一樁大事。行前母親一直抗拒，說人老了醜了不想拍，隔幾日又頻頻問著要穿什麼衣服，要多帶幾套去換；父親老早把拍照所需衣物、工作包、工地帽準備好，收攏在他的旅遊兼買菜背包裡，背包擺在門口，蓄勢待發地鼓脹著。我們早些時間抵達攝影棚，拍攝時，父親很快就進入狀況，怎麼坐怎麼站，要打赤膊也二話不說地脫了。一旁擔心著自己淡妝妝容的母親頻頻攬鏡自照，我趕緊拿出隔離霜和粉底液替母親眼周暗沉處補強。為悅己者容，母子二人不言而意會的心訣，直至二人都滿意了才願意入鏡。

後來哥哥也到了，去捷運站接剛下班趕來的他，是把一年之中僅剩幾個小時的特休假留給了我，他早就猜到，這個老是愛把小時候的事情挖出來亂寫的弟弟要出書了，用幾個小時情義相挺，不算什麼啦。

步行途中他才問起為什麼小時候拍的那張全家福不見了？不是一直掛在客廳裡好好的？聽起來，這個疑惑牽掛他多年，但也沒問父親母親原因，一些在意的事壓在心底，照常過日子。

這家人的習慣，是父子三人不太過問彼此的事情，如三座島嶼，總是母親奔走其中，如大海一般，洋流送來幾艘小舟，傳遞島與島之間的食物和訊息，在某個節日、某人生日時問起要不要一起吃飯？熱鬧熱鬧慶祝慶祝嘛。只見三個男人若不是互相推託，就是說工作難以抽身，再不，就是撒氣地翻出最無力的那面無賴地任人宰割：要吃什麼？我不知道不要問我啦！但每每拗不過母親再三懇請拜託，最後還是從各自的沉默裡抽身，聚在餐桌上時，為避免話語刺傷彼此，就用食物塞嘴巴裝忙，卻見母親緊張兮兮地拚命找話題又被大家討厭，其實最該被討厭的就是這三個男的。

二十五年前的合照在某一年默默地被撤下，露出本就充滿壁癌的牆。這是某個聖嬰年的冬季，反常地出現了帝王級寒流，全臺高山都下了雪。農曆年前，父母二老覺得斑駁的牆壁難看，就穿起數件長袖衛生衣禦寒，再套著舊衣物，綁起頭巾或戴著帽子，在地上鋪墊報紙，用刮刀刮除壁癌，調製油漆，抹去牆上像花貓一樣灰灰白白的紋理。

但世事總不像平面著色，凹凹凸凸的牆還是被光切出深淺，留下滿是疤痕的面孔，在時間推移、日出日落的方向中，留下不同的側影。

我望著這樣的陰影，覺得少了些東西。

母親一次告訴我，二十五年前的全家福，其實是在一次她與父親的爭吵之中被撕毀。原因母親沒說白，家族事說不清，她每每只是用著「唉唷反正就是那樣了」的皺眉、瞇眼、搖頭帶過。猜想是在我與哥哥都不在的時刻，父親母親又因生活小事扯起婚姻的整個大綱，也可能是因為兩個兒子的疏遠而質疑家庭怎地變成他們一點也不想要的模樣，種種臆測擺在心底，我沒再追問，只是看著老去的母親，臉與脖子開始被時間拉耷，失去的事物已經很多，就不敢再繼續勾起她任何一條回憶的經緯線，寧願事情被擱置，隨著照片撕毀，時間凝滯在某一刻。

偶爾，我的野心也很大，以為自己可以替他人代言，追溯事情的因果，在被時間一層一層糊封上的牆面裡，挖出遺漏的事物如鐵釘、壁書、一張私房錢紙鈔，或是抓漏般找到建築瑕疵或地震而成的裂縫，並亟力填滿，彷彿填滿我自己的匱缺。每每我想猜想父親母親的過往，試圖從他們的口述加上照片佐證行文紀錄，偶爾發表報刊。母親總是默默地看著我轉貼的文章，默默地按讚，默默地表示老娘已讀。一次她終於鬆口對我說：我知道你寫那些都是你看到的而已啦，我沒有很在意。

「但我想看。」她說。她總會補那麼一句，彷彿等候一個旁觀者撰史般地替她敘述身世、評價，並委婉地作結。

如同父親一下子就答應我的合照邀請，那種生生世世永不後悔般的甘願。對過往閉口不言、交代不清的事物，他們不想也不願再解釋了，就讓抹得坑坑巴巴的牆面成為後現代風格的牆。但他們願意自己的生命被孩子詮釋、借用、捏造成各種孩子想要的樣貌，長出自己想要的植被、裝潢。

或許這是父母最後的寬宏大度。

我已經猜想不到二十五年前，他們帶著我們兩個小孩到照相館拍照時的心情，我一直記得那張照片，我蹲在前方，哥哥站在我的後方。父親和母親，左一右，微笑著，伸出雙手將我們環繞懷抱起來。

二十五年後，父親和母親挽著手拍照，彷彿又一次約會。二十五年後，換哥哥和我站在兩側，圍繞著中央再一次約會的他們。

那道難堪的牆面挖到底，或許什麼都沒有，或許就是隔壁人家了。但我們仍願意在自己的牆面上，重新拍一張照，對正斜斤斤計較、不停微調地掛著，遮去一些曾經的疙瘩，並試著把照片看成一種習慣：習慣那裡有幾個人，儘管時間搬移了他們的長相、位置，仍舊是一家人。
其餘的，幸福、傷痛、悲喜、哭笑、愛恨，諸如此類，都是多餘的給予。
我將之視為時間的恩賜。
我感謝這樣的恩賜。

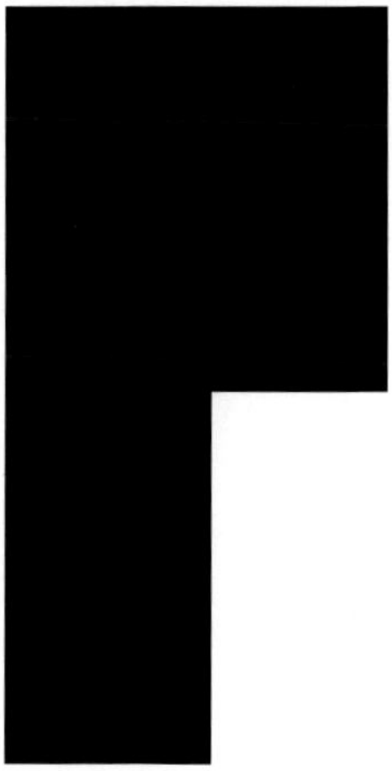

言寺 59

我的蟻人父親

作　　者　謝凱特
編　　輯　陳夏民
攝　　影　王志元
書籍設計　陳恩安 globest_2001@hotmail.com

出　　版　逗點文創結社
地址｜330桃園市中央街11巷4-1號
網站｜www.commabooks.com.tw
電話｜03-3359366
傳真｜03-3359303

總 經 銷　知己圖書股份有限公司
台北公司｜台北市106大安區辛亥路一段30號9樓
電話｜02-23672044
傳真｜02-23635741
台中公司｜台中市407工業區30路1號
電話｜04-23595819
傳真｜04-23595493

印　　刷　通南彩色印刷有限公司
I S B N　978-986-96837-0-8
定　　價　350元
初版一刷 2018年9月

國家圖書館出版品預行編目（CIP）資料｜我的蟻人父親／謝凱特著｜-- 初版. -- 桃園市：逗點文創結社，2018.09｜304面；12.8×19公分. --（言寺；59）｜ISBN 978-986-96837-0-8（平裝）｜855｜107014615